講談社文庫

神の時空《とき》

鎌倉の地龍

高田崇史

講談社

十月七日　丙戌《ひのえいぬ》

まづ鶴岡八幡宮を遥拝したてまつりたまふ。

『吾妻鏡』

神の時空《とき》

鎌倉の地龍

プロローグ

今日はこれから、どうしようかな。

中間試験もとっくに終わって、あとは夏休みを待つばかりで何の予定もない。

辻曲摩季《つじまがりまき》は、夏本番へと向かう空を見上げると、カバンを手に由比《ゆい》ヶ浜《はま》女学院の門を出た。

もっとも中間試験や期末試験といっても、摩季の学校は女子大付属高校なので、高校一年生の摩季はまだまだ余裕がある。だから、今日の日本史の授業でも、肝心な話とは全く関係のないところで質問をしてしまった。

由比ヶ浜からの潮風が、栗色の髪をキラキラと梳《と》かしてゆく。強い陽射しが、摩季の鳶《とび》色の瞳に眩《まぶ》しい。

夏は苦手だ。そもそも、摩季は生まれつき色素が薄いのだ。

などと、自分の体質に八つ当たりしながら、このまま渋谷《しぶや》まで出て、久しぶりに兄

——了《りよう》のカレーショップにでも顔を出してみようかと考える。滅多《めつた》にないことだけど、もしも混んでいたら手伝ってお小遣《こづか》いをもらえるし、空《す》いていたら兄の手作りのシャーベットでもごちそうしてもらおう。

摩季は、そんな勝手なことを思いつつ、若宮大路《わかみやおおじ》をゆっくり歩く。このまま行けば、鎌倉駅《かまくら》。後ろへ戻れば由比ヶ浜と材木座《ざいもくざ》海岸だ。

平日の午後だというのに、今日も相変わらず人出が多い。

入学式の時に聞かされた「毎月百五十万人を超える観光客が訪れる」という観光地——古都・鎌倉だけのことはある。特に鶴岡八幡宮《つるがおかはちまんぐう》に向かうこの通りは、いつも混雑している。

その人混みの中、セーラー服のリボンをなびかせて摩季は歩いた。

すると、目の前を歩いている一人の女学院生の姿が目に留まった。

チラリと見える色白の横顔と、背中までの長い艶《つや》やかな黒髪は、半月ほど前、隣のクラスに転校してきたばかりの女子だ。まだ口をきいたことはない。

名前は確か……大磯笛子《おおいそゆうこ》といったか。摩季の家と同じように、かなりの旧家の子女らしいという噂は耳にしていた。

摩季は、特に意識することもなく、彼女の少し後ろを歩く。

　ところが、一の鳥居を過ぎた辺りから、笛子の様子が少し変わった。いや、どこがおかしいというわけではないけれど……何か微妙に違う。辺りを気にし始めている。

　やがて笛子は急に足を速めると、たまに後ろを振り返りながら若宮大路に架《か》かる歩道橋を渡り、細い路地に入って行った。

　彼女も鎌倉駅を利用しているらしいから、どこかに寄り道するつもりなのだろう。事実、校則を無視して帰り道で遊ぶ生徒もいるので、彼女がそうだとしても何の不思議もない。

　でも、ちょっと興味を惹《ひ》かれる――何となく。

　そこで摩季も歩道橋を渡り、こっそり後を追うことにした。すると笛子は、ますます足を速めて路地の奥へと進んで行く。このまま行くと滑川《なめりかわ》を渡るはず。由比ヶ浜と材木座海岸の間を、相模《さがみ》湾へと流れ込んでいる川だ。

　予想通り、笛子は滑川に架かった橋を渡る。

　少し遅れて摩季も渡った時、ふと欄干《らんかん》に目をやった。するとそこには「閻魔《えんま》橋」と彫《ほ》られていた。詳しい話はもう忘れてしまったが、そういえば昔、この辺りに「閻魔堂」と呼ばれる建物があったという話を、おぼろげに思い出した。

笛子は長い黒髪を揺らしながら、さらに進む。

やがてその先に、それほど大きくはない朱色の明神《みようじん》鳥居が見えた。元八幡――元鶴岡八幡宮の鳥居だ。

〝ふうん、ここに出るのか……〟

摩季は辺りを見回した。

この神社は名前の通り、鶴岡八幡宮の元。つまり、鶴岡八幡宮は、ここの祭神を現在の地に勧請《かんじよう》して新たに造られたのだと日本史の授業でも習った。昔は、この辺りが鎌倉の中心だったのかも知れない。地元の同級生の話によれば、あの芥川龍之介《あくたがわりゆうのすけ》も一時期、居を構えていたという。

一方、笛子は鳥居をくぐって境内《けいだい》に入って行く。境内といっても、もちろん鶴岡八幡宮と比べるべくもない。こちらの八幡宮は、町や村の鎮守《ちんじゆ》様という程度の規模だ。

〝ここにお参りに来ただけだったのね〟

なあんだ、と思って摩季は、鎌倉駅に向かうことにした。わざわざ後をつけるまでのこともなかったのだ。バカみたい。

そう思って振り返った目の端に、小さな社殿の前に立つ笛子の後ろ姿が見えた。その瞬間、彼女の手元がキラリと光った。

えっ、と見直した摩季は、

〝まさか……あれは！〟

自分の目を疑う。

〝でも、どうして彼女があんな物を——〟

もう一度確認しようと身を乗り出したその時。

後頭部に雷が落ちたような激しい衝撃を受けて視界が真っ暗になった。

由比ヶ浜に波乗りに来たサーファーたちが、まるで魂《たましい》を吸い取られてしまったかのような状態で防波堤にもたれかかっている摩季の姿を発見したのは、それから数時間後のことだった。

1

東京・渋谷の裏通りに「リグ・ヴェーダ」という、変わった名前の小さなカレーショップがある。

その店は、カウンター席が七つと、二人がけのテーブルが二卓。満席になっても十一人。しかし、今までぼくは、この店の全てのイスが客で埋まっている光景を見たことがない。少し独特なスパイスが効き過ぎている感じもあるから、確かに余り一般受けしないのかも知れない。

この店の店主でオーナーの辻曲了さん本人も、まだ若いのに、とてもおっとりとした良い人で商売っけもない。そのため、常連客には人気がある。しかし、よく店をやっていけるものだと他人事《ひとごと》ながらも思ってしまう。

そしてぼくは今日も、その店に向かった。

実を言うと、ほぼ毎日通って来ている。

というのも、了さんの妹に摩季ちゃんというとても可愛《かわい》らしい女子高生がいて、時々学校帰りに顔を見せることもあるので、そのたびに二人で色々な話をする。幸い、摩季ちゃんもぼくを――少なくとも――嫌っている感じはしない。むしろ、彼女の方から積極的に話しかけてくることもあるほどだ。

そういうわけでぼくは、殆《ほとん》ど毎日のようにこの店に通っては、彼女のお兄さんのご機嫌を伺っている。おかげで最近は、まるで身内のようなおつき合いをさせてもらっている。もっともそれは、ぼくには家族も知り合いもいないという理由もあるかも知れない。

実は了さんたちは、八年前にご両親を亡くしている。交通事故だったそうだ。

そして辻曲家は、もう殆どつき合いのない――摩季ちゃんのお姉さんの彩音《あやね》さんに言わせれば「ほぼ他人よ」という程度の――親戚が九州にいるだけらしい。祖父母も含めた親類縁者もいなく、兄妹四人だけで、東京に暮らしているのだ。だから余計、ぼくに親切にしてくれるのかも、などと思っている。

しかし――。

今日は、昼過ぎだというのに店のシャッターが下りていて、看板代わりに、いつも入り口の脇に置かれているインドラ――日本でいうところの帝釈天《たいしゃくてん》の勇《いさ》ましい姿も見えない。定休日ではないはずなのに、どうしたんだろうと思いながらシャッターの前に立つと、「臨時休業」という、殴り書きの文字で書かれた張り紙が、ガムテープで乱暴に留められていた。

ぼくの背中を、嫌な予感が走る。

そこでぼくは、彩音さんに連絡する。彩音さんは、文京区にある神明《しんめい》大学の大学院生で、神道《しんとう》学を研究している。今の時間は昼休みのはず。すると、

「陽一《よういち》くん！」

いきなり大きな声が飛び込んできた。

「ずっと連絡が取れなかったけど、あなた今どこにいるの」

「えっ」とぼくは一瞬言葉に詰まってしまったが、すぐに答える。

「『リグ・ヴェーダ』の前に来たら、お店が閉まっていて……その……」

「摩季が大変なの」

「摩季ちゃんに、何かあったんですか！」

「昨日の夕方、意識不明の重体で鎌倉の救急病院に運び込まれたの」

「ええっ」ぼくの全身は氷と化した。「それで具合はどうなんですかっ」

「まだ全く意識が回復していない状況。だから、都内に搬送できない」

「そんな……」

「私たちは昨夜も様子を見に来ていて、今日は巳雨《みう》も、学校を休んで朝から来てる」

巳雨ちゃんというのは、まだ小学五年生の末っ子だ。年の割には体が小さくお下げ髪がとても愛らしいビスクドールのような女の子で、ぼくもとても可愛がっている。

「ぼくもそちらに伺って良いですか」

「ええ、もちろん」

「じゃあ、すぐに伺います！」

ぼくは答えると、猛スピードで駅に向かった。


鎌倉に到着すると、指定された病院を目指して観光客の波の中を走った。

建久《けんきゆう》三年（一一九二）に、源《みなもとのよりとも》頼朝によって鎌倉幕府が開設され——この年代に関しては、現在諸説あるけれど——一気に鎌倉の地が開けた。事実、この若宮大路も二の鳥居辺りから、立派な段葛《だんかずら》の道になる。頼朝が妻の政子《まさこ》の安産を祈願して「神の通り道」として造営した、通常の道より一段高くなっている遊歩道だ。それが一直線に、鶴岡八幡宮正面の三の鳥居まで延びている。

そんな若宮大路を、鶴岡八幡宮とは逆方向に、二の鳥居から一の鳥居を目指すようにぼくは走る。その途中で、畠山重保《はたけやましげやす》の宝篋印塔《ほうきょういんとう》を過ぎた。頼朝死亡後に謀殺されてしまった忠臣の一人の供養塔だ。

駅から三十分も走ったんじゃないかと感じられた頃、ようやくぼくは、摩季ちゃんの運び込まれた病院に飛び込むことができた。そのまま集中治療室の前まで行くと、了さん、彩音さん、そして巳雨ちゃんの三人が、肩を落としてベンチソファに並んで腰を下ろしていた。

ぼくの姿をいち早く発見した巳雨ちゃんが、真っ赤に泣き腫《は》らした目で二人に告げた。ぼくはみんなに駆け寄って事情を聞く。

やはり、摩季ちゃんはまだ意識が戻っていないらしかった。だが問題は、一体どうして彼女がそんな状態になってしまったのかが、全く分からないことだ。

外傷は擦《す》り傷《きず》程度で、他にはなし。血液検査などの結果でも、何か飲まされたり嗅がされたりした様子もなく、CTやMRIを撮っても、何一つ異常が発見されない。ただ、血圧や脈拍を含めたバイタルサインだけが、異常に低いのだという。そのため、今日から彩音さんが毎日、様子を見に来ることになったそうだ。

ただ、彩音さんが必死に呼びかけても、殆ど反応がないという。特に昨日などは、摩季ちゃんから全く何も返ってこなかったらしい。

「そんな……」とぼくは思わず彩音さんに詰め寄ってしまった。「本当なんですか！」

「本当なのよ」と、彩音さんは切れ長の目でぼくを見る。「ちょっと考えられない」

「だから——」

と了さんが言いかけた時、看護師さんがやって来て、担当のドクターから説明がありますと告げた。そこで了さんと彩音さんは、診察室に向かう。ぼくは巳雨ちゃんと二人、このままベンチに腰掛けて待つことにした。

巳雨ちゃんは隣で、ぼくの袖《そで》をぎゅっとつかむ。

「大丈夫だよ」ぼくは彼女の黒髪を、優しく撫《な》でてあげた。「心配ないって」

「……本当？」

巳雨ちゃんは、ぼくを見上げた。髪の毛から、ふんわりと日向《ひなた》の匂いがした。

「もちろんだよ。摩季ちゃんには、みんながついてるから」

半分は本気、そして半分は、ぼくの希望だった。

やがて了さんたちが戻って来ると、みんなで病院を出た。

外はもう、夕暮れ近かった。

ぼくらは若宮大路を鎌倉駅に向かって歩く。

「こんな遠くまで来てもらって、悪かったね」

とぼくに向かって改めて礼を言う了さんに、ぼくは巳雨ちゃんの手を引きながら、

「いえいえとんでもないですよ。むしろ教えていただいて感謝してます」

と答えた。これは本心だ。摩季ちゃんの顔も、ほんの一目だったけれど見ることができた。それに第一、彼女がこんな事故に遭ったなら、日本国中、いや行ける所ならばどこにだって行く。

「結局、意識不明になった原因は」ぼくは了さんたちに訊いた。「特定できなかったんですか」

うん、と了さんは夕陽に目を細め、前髪を掻《か》き上げながら答えた。

「先生も、首を捻《ひね》るばかりだったよ。こんな状況は初めてらしい……。しかし何といっても問題は、摩季が彩音の呼びかけに殆ど反応しないということだね」

そう。それがさっき、ぼくが一番驚いたことだ。それは、ここにいる誰もがそう思っている。だから、巳雨ちゃんもこれほどまでに心配している。というのも——。

彩音さんは、尋常でなく霊的感性が強いのだ。

いきなりこんな話をすると、思い切り引いてしまう人もいると思う。正直に言ってしまえば、昔のぼくもそうだった。霊魂とか、幽霊とか、あの世なんていうものは全く信じていなかったし、そもそも、そんな非現実的な話には、何の興味もなかった。

しかし、彩音さんたちとつき合っているうちに、否応なくそれらの存在を知らされることになった。

　もともと辻曲家は中伊豆《なかいず》の旧家で、清和源氏《せいわげんじ》の血を引いているのだという。先祖をたどっていくと、どうやら源義綱《よしつな》まで遡《さかのぼ》れるらしい。義綱は平安時代後期に活躍した武将で、兄には、かの八幡太郎義家《はちまんたろうよしいえ》、弟には新羅三郎義光《しんらさぶろうよしみつ》がいる。兄・義家の血筋は、そのまま頼朝や義経《よしつね》たちに繋がり、やがて尊氏《たかうじ》を輩出する足利《あしかが》家や、新田《にった》家も生まれた。そして弟・義光は、甲斐《かい》源氏、つまり武田信玄《たけだしんげん》の祖にあたる。

　だが一方、賀茂二郎《かもじろう》義綱の一生は悲惨で、息子が兄義家の子殺害の濡れ衣を着せられ、自分は流罪。しかも、彼の七人いた子供たちはそれぞれ、投身自殺、戦死、焼身自殺、切腹、自害、などなどの無残な運命をたどることになってしまった。

　そして辻曲家は、その傍流《ぼうりゅう》の家系なのだという。そんな家で、残された女性たちは彼らを祀《まつ》りながら、尼や巫女《みこ》となっていったらしい。

　その頃から、彩音さんたちの先祖はシャーマン的な能力を身につけていったのではないか。だから、彩音さんは生まれつき霊魂が見えるし、会話もできるのだと、ぼくは勝手にそう分析している。

　一度ぼくは、どうしてそんなことができるのかと彩音さんに訊いた。すると彼女は顔色一つ変えることなく、

「そこにいるんだから、直接話しかければ良いのよ」

と、いつものクールな目つきで答えた。しかし、そんな風に言われたところで「そこにいる」モノが見えたり「話しかけ」たりできない大多数の一般人からしてみれば、何を言っているのか理解できないだろう。昔のぼくのように。

そんな彩音さんなのだから、摩季ちゃんとコンタクトが取れないという今回の状況は、実におかしい。

「だが、どうして」と了さんが歩きながら首を捻った。「摩季と話ができないんだ？」

「分からない」彩音さんは顔をしかめた。「摩季は完全に意識を失っているんだから、むしろ必ず私の呼びかけに応えてくるはず。それが、全く何の手応えもないの」

「まだ呼吸もあるし、心臓も動いているんだから、完全にあちらの世界に行っていない――つまり、摩季の魂魄《こんぱく》は、こちらに留まっているはずだしね」

「昨夜は、全く反応がなかった。本当は、病院に泊まり込んで、一晩中呼びかけていたかったんだけど、ＩＣＵだからそれもできなかったの。でも今日は、一方的にだけど、一言だけ摩季の声が聞こえた」

「そ、それで」ぼくは勢い込んで尋ねる。「摩季ちゃんは何と」

「……怨霊」

「おんりょう——って、もしかしてあの怨念を持った死霊や生き霊のことですか。穏やかで素直な方ではなく」

「そう」

「じゃ、じゃあ、その怨霊が、どうしたっていうんです？」

「分からない」彩音さんは嘆息《たんそく》する。「しかも、たったそれだけ。その上今日は、心の中で呼びかけた時に摩季のバイタルサイン測定器のモニタを見たんだけど、ピクリとも反応していなかった。私の声が届いていれば、何かしら反応するはずなのにね。だから、摩季の魂は、今あの場所にいないのかも知れない」

「じゃあ、一体どこに！」

「想像もつかないし、具体的には何とも言えない。でも——。摩季はそういう『気』は感じ取れるけど、自分では殆ど何もできない。だから変な『気』を感じたら、そこには絶対に近づいちゃダメだって、あれほど言っておいたのに」

「つまり」了さんは顔をしかめた。「摩季は『何か』に触れてしまった、あるいは何らかの事件に巻き込まれてしまった……ということになるのか」

「そういうことかも」

「そうだとしたら、ますます大変だ。何とかならないのか」

「くやしいけど、現状ではどうしようもない。もう少しだけでも繋がれば別だけど、今のままじゃとても無理」

そうか——と了さんは力なく嘆息した。

「しかし……愚痴《ぐち》をこぼしていても仕方ない。むしろ、摩季が全く動けないで入院しているということを、良い方に考えよう。時間は充分にあるということだから」

「そうね。何度もチャレンジしてみる」

「頼んだよ。問題は、これからどうするかだ」

その時。突然、巳雨ちゃんがぼくの手をギュッと握り締めた。それはまさに、さっき通った畠山重保の宝篋印塔の近くだった。見れば彩音さんも眉根《まゆね》に皺《しわ》を寄せて歩きながら、こちらも見ずに強く言った。

「巳雨。私たちから離れちゃダメよ」

彩音さんの言葉に巳雨ちゃんは、無言のまま大きく頷いた。

「とにかく今日は帰りましょう」

確かにぼくの胸も、急に締めつけられるように痛み始めている。こんなに明るく眩しい観光地の真ん中で、一体何が起こっているのだろう……。

その日は大人しく鎌倉駅まで戻り、ぼくらはそれぞれ家に帰ることになったのだが、その別れ際に彩音さんが、ぼくに言った。

「陽一くん。あなたちょっと調べてみて」

「調べるといっても、それこそ何をですか？」

「鎌倉の歴史。あなたの得意分野でしょう」

「はあ……」

とぼくは答えた。

実を言うとぼくは、昔は歴史作家志望だった。今はもう、すっかり諦めてしまっているが、歴史的な知識と、どうでもいいような雑学なら、今でも充分に持っている。

「特に、怨霊に関連している部分をね」と彩音さんは真剣な顔つきで言った。「私は、どうにかして摩季とコンタクトを取ってみる。だから、あなたはそっちの方面をお願い」

でも！　とぼくは訴える。

「もしも……もしもですよ、死んだ武将たちの怨霊や、鎌倉宮《かまくらぐう》の護良《もりよし》親王の御霊《ごりょう》が関与していたとなったら、どっちみちぼくらなんかじゃ、手も足も出ませんよ」

しかし、ぼくの言葉を軽く無視するように、

「じゃあ、よろしく。また連絡するから」

厳しい顔つきで言い残すと、彩音さんたちは帰ってしまった。

＊

最近の若い女子でも、ああいった怨霊の話題に興味があるのだろうか。いわゆる「歴女《れきじょ》」とは少し違うが——。

夏の夕陽が差し込む職員室で、鴨沢真司《かもさわしんじ》は日本史の資料を閉じると、職員室のイスに大きくもたれかかって、冷たいお茶を一口飲んだ。

鴨沢は、この由比ヶ浜女学院で日本史を担当し、別の大学でも兼任講師として、やはり国史を教えている。だからいつもは「怨霊」の話などには、深く踏み込むことはない。怨霊は民俗学の分野になるからだ。日本史を教えているのに、怨霊にとても関心がありますなどと言おうものならば、大学の教授連中にどんな顔をされるか分からない。

しかし、個人的には非常に興味があった。

だから、女学院などではたまにそういった分野の話もする。すると、なかなか評判が良い。ただ単位修得のためだけに講義に出席している大学生などより、数段、真面目に耳を傾けてくれる。

そこで昨日、いつものように余談で平安時代の怨霊の話をしたところ、異常に反応があった。辻曲摩季という一人の女子が、いきなり手を挙げて色々な質問をしてきたのだ。最初は鴨沢も軽い気持ちで答えていたが、その女子は至って真剣な顔つきで尋ねてくる。友だちと冗談を言いながら笑い合っている普段の彼女とは、明らかに違っていた。そして、

「怨霊と妖怪は、全く違うモノなのか？　それとも、ベン図のようにどこかで重なるのか？」とか、「もともと神であったはずの怨霊が、零落《れいらく》して妖怪となったのか？　もしもそうだとすれば、神と妖怪は等しくなるのではないか」

などという質問までしてきて、それらに回答しているうちに、

「そもそも、わが日本国は怨霊の国なんだ」

いつしか鴨沢も、本気になって話し出していた。

「きみたちは怨霊と聞くと、崇徳《すとく》上皇とか、菅原道真《すがわらのみちざね》とか、平将門《たいらのまさかど》などを思い浮かべるかも知れない。もしくは、それこそ鎌倉宮の護良親王や、御霊神社祭神の鎌倉権《ごん》五郎景政《ごろうかげまさ》公とかね。しかし平安時代、日本にはおよそ五百万人の人々が暮らしていたといわれている。その中で、わずか五十人から百五十人くらいの殿上人《てんじょうびと》だけが『人』

だった。少なくとも残りの四百九十九万九千八百五十人は、ただの『鬼』だったんだ。いわゆる『人でなし』だね。そして、そんな『人でなし』たちが死ねば、その殆どは『怨霊』となる。なぜなら、彼らは誰もが現世に恨みを残していると言ってもよいからだ」

鴨沢の言葉は止まらなかった。本当は、こういう話をみんなにしたかったのだな、と頭の隅で感じながら続ける。

「確かに、大怨霊と呼ばれている人たちは、歴史上では数人しかいないかも知れない。ところが、理不尽な圧政、悲惨な苛斂誅求《かれんちゆうきゆう》などによって命を落としていった数多《あまた》の庶民や百姓も、当然怨霊となっておかしくはない。もちろんここでいう『百姓』というのは、いわゆる農民だけではなく、ほぼ全ての民を指している言葉だ。だからこそわが国では、お盆、お彼岸、施餓鬼《せがき》、水子《みずこ》供養などの習慣が今でも連綿と続いているんだ。我々日本人は、彼らの存在を感じつつ、同時に怨霊を封じながら、日々を生きている」

などという、大学の講義では決して口に出さないような話までしてしまったが、果たして、良かったのか悪かったのか。

そして、このような話をするきっかけとなった当の辻曲摩季は、学校帰りに意識を失って入院してしまっているという。もちろんその事故は、昨日の怨霊話と何の関係もないだろうが……。

鴨沢がそんなことを思って、授業の反省と自己分析をしていると、

「失礼します」

と声がして、大磯笛子《ゆうこ》が職員室に入って来た。

色白の広い額、ほっそりとした顎、長い黒髪、そして、まだ十代だというのにどこか妖艶な瞳。転校してきて間もないが、早くも周囲の友人たちから注目を浴びているという噂も頷ける。

その美しい黒髪をなびかせながら、一直線に鴨沢のもとへと歩いて来ると、笛子は立ち止まって、一礼した。

「先生。伺いたいことがあるのですが、今、お時間よろしいでしょうか」

じっと鴨沢を見つめる。自分の娘といってもおかしくはない年頃なのに、その視線にぞくっとしてしまう。ちなみに鴨沢は、未だ独身。

「あ、ああ」鴨沢は冷静を装って尋ねる。「時間は大丈夫だが」

「ありがとうございます」

と笛子は、職員室にいた教師たちの視線を集めながら、しかしそれがいつものこと

であるかのように、自然な態度でお辞儀をした。

「昨日、隣のクラスで話されたという、怨霊の話に関してです」

今まさに考えていたことだ。どうやら噂が広まっているらしい。少し心配になって、鴨沢は笛子の顔を覗き込んだ。

「それがなにか？」

「先生は、本気でそのようなモノの存在を信じていらっしゃるんですか」

「さあ、どうだろう。しかし少なくとも、調べてみるだけの価値はあると思ってる」

「私、先生に、鎌倉の怨霊たちについてお訊きしたいんです。それに関連して、中世の人々や、賤民《せんみん》と呼ばれた人たち。いわゆる『人でなし』に関しても」

鴨沢はお茶をゴクリと飲み込んだ。

中世の賤民に関しては、かなりナイーヴな話になる。

いきなり教えてくださいと言われても、簡単に説明できるようなテーマではないし、とても微妙な問題をはらんでいる。あわてて周囲を見回したが、幸いもう誰も二人に注目している教師はいなかった。

「それで……賤民の何が知りたいんだ？」

「静御前《しずかごぜん》たち、白拍子《しらびょうし》についてです」

そういうことか、と鴨沢はホッとして思わず声が大きくなる。

「いわゆる『芸人』や『遊女』だね。ちなみに、網野善彦《あみのよしひこ》は『遊女も広義の職人である』といっている」

「そういった賤民たちが、どうやって時代を生き抜いてきたのか。また、歴史上ではどういう立ち位置にあるのか。そして……」

笛子の瞳が、キラリと光った。

「もっと細かいことも」

それはまた、と鴨沢はイスの背にもたれかかる。

「実に壮大な話だね。大学の論文になりそうだ。但し、歴史学ではなくて民俗学の範疇《はんちゅう》になるだろうね。しかし、どうしてまたそんなことに興味を持ったんだ？　いや、もちろん非常に良いことだけど」

私は——と笛子は答える。

「そういう人たちが、いわゆる『妖怪』と呼ばれていたのではないかと思ってるんです。そのうちで不遇の中に死んでいった人たちが『幽霊』や『怨霊』になったのではないかと」

おそらくそれは正しいし、鴨沢もやはりそう考えている。だが、まさにこれは大学での講義レベルの話だ。

一瞬口を閉ざした鴨沢を、笛子は真っ直ぐに見つめた。

「昨日の授業の噂を耳にして、鴨沢先生ならば、きっと、とてもお詳しいと直感的に思いました。もちろん私も、インターネットでは調べてみたんですけれど、余り詳しい情報は得られなくて」

笛子は、一歩進み出た。

「だから、先生に教えていただきたいんです」

そうまで言われて、鴨沢には断る理由が何もなかった。

「分かった。ぼくで良ければ」

と答えた鴨沢に、笛子は深く細かい質問を投げかけてきた。確かにこれらの話は、インターネット上で検索はできないだろうと思われるものばかりだった。

昨日の辻曲摩季といい、今日の大磯笛子といい、ひょっとして今は怨霊ブームでも巻き起こっているのか……などと、バカなことまで思ってしまう。

ある程度まで答えたところで、

「しかし」と鴨沢は肩を竦《すく》めた。「これ以上は、専門書を開かないと無理だね。今晩、家に帰って調べてみるよ」

「その専門書は、お借りできますか」

「ああ、もちろん良いよ。明日、ここに持ってきてあげるから、取りに来なさい」

「今日……今から、お借りしに伺ってもよろしいでしょうか」

「今から？」

「はい」と笛子は蠱惑《こわく》的に微笑んだ。「私、一旦気になり出すと、眠れなくなってしまうんです。ですから、ぜひお願いします」

「いや、それは……」

困惑した鴨沢は、ふと、同じ書籍がここの図書館の、鍵の掛かった書架にあったことを思い出した。そこで、笛子にその話を伝えて、

「時間外だけど、見せてもらえるように、ぼくから頼んでみようか」

と言って立ち上がった。

笛子は嬉しそうに微笑むと、もう沈みかけている夕陽を長い黒髪に燦《きら》めかせて、

「ありがとうございます」

深々と一礼した。

＊

ぼくは早速、あらゆる資料に当たってみることにした。

この際、彩音《あやね》さんの言葉を信じて、鎌倉の歴史を、丸ごと全部勉強し直すことにしたのだ。それで摩季ちゃんが何とかなるというのなら、ぼくはやる。日本の歴史を、一から学び直したって構わない。

そこで、鎌倉——。

国木田独歩《くにきだどっぽ》、川端康成《かわばたやすなり》、大佛次郎《おさらぎじろう》、芥川龍之介、澁澤龍彦《しぶさわたつひこ》ら多くの文人たちが住み、また夏目漱石《なつめそうせき》、泉鏡花《いずみきょうか》、太宰治《だざいおさむ》たちの作品の舞台となった美しい古都——。

そんな鎌倉の街は、源頼朝がこの地に幕府を開いたことから始まる。

頼朝は、久安《きゅうあん》三年（一一四七）、源義朝《よしとも》の三男として誕生した。

やがて、父・義朝は平治《へいじ》元年（一一五九）の平治の乱によって平清盛《きよもり》らに敗れ、落ちて行く途中で謀殺されてしまう。頼朝も捕らえられて、本来であれば当然、死罪になるはずだった。しかし、清盛の継母である池禅尼《いけのぜんに》の必死の命乞いによって、死刑を免《まぬが》れた。これは、まだ幼かった頼朝が、病で亡くなってしまった池禅尼の息子にそっくりだったため、という話もある。

とにかく間一髪、頼朝は命を長らえて、伊豆《いず》国の蛭《ひる》ヶ島《しま》に流された。

ぼくも以前に行ってみたことがあるが、この辺りは「島」といっても、いわゆる本当の「島」ではなく、普通の土地だ。

ただ、頼朝の頃は泥湿地帯で、所々に大きな沼が点在していたためにそう呼ばれていたのだという。しかも名前からも分かるように、本当に蛭が多く生息していたらしい。現在はともかく、その当時は住みづらい土地だったに違いない。

頼朝は、その地で二十年にも及ぶ流人《るにん》生活を送った後、治承《じしょう》四年（一一八〇）に、以仁王《もちひとおう》の令旨《りょうじ》を受けて、平氏追討に立ち上がる。しかしこれは、頼朝自身が平氏に狙われてしまったための、まさに「窮鼠《きゅうそ》、猫を嚙《か》む」という、追いつめられた挙兵だった。事実、緒戦こそ勝利したものの、石橋山《いしばしやま》の戦いには大敗を喫して、命すら落としかけた。

それでも何とか安房《あわ》国に逃れ、そこで千葉《ちば》一族の援軍を得て、武蔵《むさし》国を経て鎌倉に入った。これは、当時敵方にいた、梶原景時《かじわらかげとき》に、絶体絶命のピンチを救われた——見逃してもらったおかげだ。

その時、戦いに敗れた頼朝は、わずか六騎の家来と共に谷底の洞穴に逃げ込み、じっと息を殺していた。だが、捜索にやって来た景時に発見されてしまう。運が尽きた、もうこれまでと腹を切ろうとした頼朝に向かって景時は、

「お待ちください。助け奉《たてまつ》るべし」と告げる。そして身を翻して洞穴の前に立ちはだかり、「ここには虫一匹おらぬ。おお、あちらの方に武者が七、八騎見える。あれこそ頼朝じゃ。追えっ」

と叫んだ。なおも怪しむ味方を押さえ込み、ついに景時は、頼朝を逃がしたのだ。

この時の景時の心情は推し量る以外にないが、とにかく頼朝は九死に一生を得た。

だが、景時も頼朝が亡くなった翌年に、殺害されてしまう。彼らは、一体どういう運命で結ばれていたのだろうか……。

そんなことを考えていた時、ふと思った。

昨日見た、畠山重保の宝篋印塔——供養塔ではないが、この時代、一体どれくらいの武士たちが命を落としているのだろう。もちろん、二代将軍・頼家《よりいえ》や、三代将軍・実朝《さねとも》も含めて。

そこでぼくは、再び資料をあたってみた。

日付が変わって、朝日がまぶしく差し込んできた頃、実に驚くべき結果が表れた。

徹夜明けの頭で、ぼくは半ば呆然とそれらを眺めていると、突然、彩音さんから連

絡が入った。

どうしたんですか、と尋ねるぼくに向かってまたしてもいきなり、

「摩季が――」と告げる。

その言葉に、ぼくの胸が、ドクンと脈打ったような気がした。

「摩季ちゃんが、どうしたんですかっ」

「いなくなったのよ！」

「はあ？　いなくなったって――」

「病院から消えたらしいの。これから様子を見に行こうとしてたら、病院から連絡が入った」

「だって」ぼくは思わず大声を上げてしまった。「摩季ちゃんは、意識がないんでしょう！」

「今、兄さんが病院に向かってる」

彩音さんはぼくの言葉を無視して、早口で続けた。

「何かとても嫌な予感がするから、私はこれから小学校まで巳雨を迎えに行って、家で兄さんからの連絡を待つことにする。陽一くんも、来られたらすぐに家に来て欲しいの」

「分かりました！」ぼくは頷いた。「すっ飛んで行きます」

大変だ。

意識が突然戻って、一人でどこかに歩いて行ってしまったのだろうか。

それともまさか、誰かが摩季ちゃんを攫《さら》って……？

どちらもあり得ない話のようだけれど、万が一そうだとしたら、どっちに転んでも大事《おおごと》じゃないか！

ぼくはまとめていた資料を乱暴につかむと、大急ぎで外に飛び出した。

辻曲家は、中目黒《なかめぐろ》にある一戸建てで、周りをぐるりと土塀に囲まれている、風格のある古い家だ。そこに了さんたち四人が住んでいる。ただ――。

実を言うとぼくは、辻曲家はちょっと苦手だった。

というのもこの家は、玄関に始まって、廊下や部屋のドア、さまざまな場所に護符《ごふ》や呪符《じゅふ》が貼られているのだ。玄関先に置かれた盛り塩も毎朝新しくされ、更に家の東西南北には、炭俵が一俵ずつ埋められているという……。

彩音さんたちがそういう体質だから、霊的なことに関しては特に過敏になっているのだろう。でも初めてやって来た人は、絶対に驚く。ここは、どんな家なんだと目を丸くするはずだ。だから正直言うと、ぼくも腰が退《ひ》けてしまうのだけど、今は、そんなことを言っている場合ではない。

ぼくが到着すると、彩音さんとグリが出迎えてくれた。

グリは彩音さんたちが飼っているシベリア猫で、もともとは捨て猫だった。弱って死にそうになっていた子猫を、巳雨ちゃんが学校帰りに拾ってきたのだ。当初、猫を飼う予定など全くなかった辻曲家だったが、その余りにみすぼらしい姿を見て誰もがもう一度捨ててきなさいとは言えずに、現在に至っているのだという。

ちなみに「グリ」という名前は、ミュージカル『キャッツ』で「メモリー」を歌うボロボロな姿の猫の名前「グリザベラ」から摩季ちゃんが取って名づけたのだが、今のグリは本来のシベリア猫らしく、白くふさふさとした毛に覆われて、澄んだ湖のようなブルーの瞳も神秘的にキラキラと輝いている。

ぼくがリビングに入ると、ソファに巳雨ちゃんがポツンと座っていた。ぼくは、例によって巳雨ちゃんの隣に腰を下ろし、グリを連れた彩音さんはぼくらの前に座ると口を開いた。

その話によれば、摩季ちゃんが入院しているあの病院に、大柄な中年男性と若い女性が訪ねて来たのだという。

しかもその女性は、摩季ちゃんの従妹《いとこ》だと名乗ったらしい。

「従妹？」ぼくは驚いて尋ねる。「そんな女の子、いたんですか」

「いないわよ」彩音さんは吐き捨てるように言う。「若い女性の血縁者は、ここにいるだけ。少なくとも、私が知っている限りではね」

「じゃあ、どういうことですか」

「その女性たちが帰った後で」と彩音さんが言う。「摩季の失踪が発覚したらしいの」

「ということは、その人たちが何か！」

「それは分からない。詳しいことは今、兄さんが確認に行っているから、その連絡を待ちましょう――」彩音さんは、グリを自分の膝《ひざ》の上に抱え上げると、白く艶やかな頭を撫でながら、ぼくに言った。「それで、陽一くん。鎌倉の歴史に関しては、どうだった？　兄さんの帰りを待つ間に、私たちに聞かせて」

「はい……」

ぼくは資料を広げた。

そして、本来であれば死刑だったはずの頼朝が、伊豆に流されてその地で挙兵し、鎌倉に入った話を伝える。

「この部分だけでも、頼朝はかなり強運だったと思いますよ」ぼくは二人を見た。

「ここまでで、二回以上命を落としていても、何の不思議もないんですからね」

「確かにそうよね。もちろん実力もあったでしょうけど、最初から運も味方につけていたのね」

「そう思います。さて――」

ぼくは資料に目を落とした。

「鎌倉に腰を据えた頼朝のもとに、異母弟《いぼてい》である範頼《のりより》や、そして義経も駆けつけて来ました。そこで北条氏《ほうじょう》たち東国武士団の力も得て、頼朝は元暦《げんりゃく》二年（一一八五）三月、ついに壇《だん》ノ浦《うら》において平家を滅亡させます。このあたりの話に関しては、天才・義経の大活躍場面というところです」

「知ってるよ」巳雨ちゃんも楽しそうに言う。「弁慶《べんけい》の立ち往生《おうじょう》でしょう。全身に矢を受けて血だらけになって、立ったまま死んじゃうの」

「そ、そうだね。それもあったね……。ええとそれで、この年、諸国に守護・地頭《じとう》が設置されたので、今は元暦二――八月に改元された文治《ぶんじ》元年を鎌倉幕府開設とする説が多いようですね。そして、四年後の文治五年（一一八九）には、奥州の藤原《ふじわら》氏を頼っていた義経と、義経を自害に追い込んだ藤原泰衡《やすひら》も滅ぼして、奥州まで平定しました。ここで、巳雨ちゃんの言った『弁慶の立ち往生』があります。ちなみに、弁慶が死ぬ間際に自分の槍を杖代わりにして立っていたとすれば、これは本当にあった話かも知れませんね。自分の体——両足と槍で、三角錐《さんかくすい》を作り、すぐに死後硬直が来たと考えれば」

そして、とぼくはさらに続けた。

「ここで頼朝は、実に素晴らしい作戦を執りました」

「それは？」

尋ねる彩音さんに、ぼくは答える。

「こういうことです——。まず、なぜ平家が滅亡してしまったのかというと、彼らは当初、武家でありながら、平時忠《ときただ》のように『平家にあらずんば人にあらず』と公言する特権階級となり、むしろ貴族に近づいてしまったからです。その姿を東国武士たちは、非常に苦々しく思っていた」

「最初は、自分たちを代弁、代表してくれていたはずの平家が、いつの間にか貴族に取り入ってしまっていたというわけね」

「そうです。そもそもこの時代の武士たちは『一所懸命《いっしょけんめい》』で、とにかく自分たちの所領を安堵してもらいたかった。貴族の軽い一言で、あっさり奪い取られてはたまらないと考えていたんです」

「それは、当たり前ね」

「でも、その当たり前のことをやってくれると思っていた平家——貴族に代わって初めて政権を握った武士である平家は、あっさりと自分たちを見捨てた。さて、そこで頼朝が登場します。ここで、義経討伐を口実にして『守護・地頭の全国設置』を承認させたのです。これは、それまで貴族の特権だった『土地所有の任命権』を、頼朝が手に入れたという意味を持っています」

「貴族から、権限を奪い返したというわけね」

「そういうことです。頼朝は、全国の武士たちの悲願を見事に達成したんです」

「武士たちにとって、救いの神となったのね」

「しかも、鎌倉には自分たちのための幕府を開いてくれた。彼らにとっては、文字通り『守護神』です」

さて、とぼくは続ける。

「さらに三年後の、建久三年（一一九二）七月、頼朝は征夷《せいい》大将軍となりました。いわゆるこれが『いいくに造ろう、鎌倉幕府』と暗記させられた年です。そして翌月には、三代将軍となる実朝も誕生して、鎌倉の町はさらに栄えてゆくことになります」

「いわゆる、鎌倉文化ね」

「そうです。もちろん頼朝が亡くなって以降も、鎌倉は、さらに大きく華やかになっていきました。元弘《げんこう》三年（一三三三）の鎌倉幕府滅亡まで、さまざまな文化が花開きます。たとえば、運慶《うんけい》・快慶《かいけい》などによる仏教彫刻や、絵画、工芸、書道、建築といったような分野も」

「『餓鬼草紙《がきぞうし》』と『地獄変』だ。鬼が、血だらけになって亡者たちを食べてるの」

「よ、よく知ってるね、巳雨ちゃん」

「大好きだから」

「あ、そう……。そして」

ぼくは続けた。

「特に文学では『新古今和歌集』を始めとする歌集や『百人一首』、『徒然草《つれづれぐさ》』などの随筆、『平家物語』など一連の物語、そして『吾妻鏡《あずまかがみ》』といった史書まで、さまざまな新しい文化で溢れかえります。もちろん、猿楽・田楽《でんがく》や、義経の愛妾《あいしょう》だった静御前ら白拍子たちの遊芸も、この頃です。そして宗教なら、浄土宗、浄土真宗、日蓮宗、禅宗などなど。また、奈良の東大寺や興福寺も再建されています」

「こうやって話を聞くと、とっても馴染《なじ》み深い時代ね。もちろん頼朝の頃は、殆ど毎日が戦いの明け暮れで、文化・芸術などあったものではなかったでしょうけど」

「事実、源氏の将軍も、たった三代で終わってしまっていますしね。そこで――」

　ぼくは違う資料を広げた。

「こんな時に、余り素敵な話題ではないんですが……鎌倉時代というのは、今お話ししたように、とても華やかな面を持っている反面、同時に物凄く悲惨な歴史も抱え込んでいるんです」

「義経や弁慶の話？」

「それだけじゃありません。義経などは、ほんの一例です」

「……ちょっと話してみて」

「はい」

　ぼくは、広げた資料を指差す。

「頼朝が伊豆で挙兵した治承四年（一一八〇）から、頼朝の奥さんの北条政子が亡くなった嘉禄《かろく》元年（一二二五）までの四十五年間で、一体どれくらいの御家人その他の人々が命を落としたのか調べてみたんです。鎌倉の殺戮《さつりく》史を」

「殺戮史……」

「ぼくはもともと、そういった方面に興味がありましたし、それに、鎌倉文化は一見とても華やかじゃないですか。でも、光のある場所には、必ず影があります。そっちに注目することも、歴史を考える上でとても重要ですから」

「そうね」彩音さんは頷いてくれた。「往々にして、余り目を留めたくないような暗い面にこそ、その時代の真実が隠れている——。それで、どうだったの」

ええ、とぼくは年表を差し出す。

「平治元年（一一五九）の平治の乱では、頼朝の父親の義朝を始めとして、多くの武士たちが命を落としています。でもこれは、いわゆる『戦《いくさ》』ですから、今は別にして考えましょう。とにかく細かい説明は後回しにして、一通り軽く目を通してみてください」

ぼくは、二人に向かって年表を広げた。平治の乱以降だ——。


永暦《えいりやく》元年（一一六〇）義朝殺害。頼朝伊豆へ配流。

治承四年（一一八〇）頼朝、挙兵。

養和《ようわ》二年（一一八二）伊豆で頼朝の命を狙った伊《い》東祐親《とうすけちか》、自害。

寿永《じゆえい》二年（一一八三）頼朝挙兵に駆けつけた上総介広常《かずさのすけひろつね》、殺害。

　三年（一一八四）木曾義仲《きそよしなか》、義経・範頼らによって殺害。

元暦元年（一一八四）義仲の子・義高《よしたか》、斬殺。

甲斐源氏・一条忠頼《いちじょうただより》、暗殺。
義高を斬殺した藤内光澄《ふじうちみつすみ》、梟首《きょうしゅ》。
二年（一一八五）壇ノ浦において、平氏滅亡。
文治元年（一一八五）義経の義父・河越重頼《かわごえしげより》、殺害。
二年（一一八六）頼朝の叔父・新宮十郎行家《しんぐうじゅうろうゆきいえ》、殺害。
頼政《よりまさ》の孫・有綱《ありつな》、自害。
義経と静御前の子、由比ケ浜にて殺害。
五年（一一八九）義経、奥州で自害。
義経を攻めた藤原泰衡、殺害。
建久四年（一一九三）曾我《そが》十郎祐成《すけなり》、五郎時致《ごろうときむね》、工藤祐経《くどうすけつね》を討つ。
十郎、斬殺。五郎、斬首。
曾我兄弟の弟、自害。
頼朝の弟・範頼、修善寺《しゅぜんじ》に流罪。
その後、梶原景時《かじわらかげとき》によって自害に追い込まれる。
八年（一一九七）頼朝の長女・大姫《おおひめ》、死亡。
九年（一一九八）頼朝の子・忠頼《ただより》、急死。

十年（一一九九）頼朝、死亡。
正治《しょうじ》二年（一二〇〇）頼朝の次女・乙姫《おとひめ》、死亡。
建仁《けんにん》三年（一二〇三）梶原景時・景季《かげすえ》親子、殺害。
頼朝の異母弟・阿野全成《あのぜんじょう》、殺害。
全成の子・頼全《らいぜん》、殺害。
二代将軍・頼家の乳母父・比企能員《ひきよしかず》、殺害。
頼家の嫡男・一幡《いちまん》の乳母父・仁田忠常《にったただつね》、殺害。
一幡、殺害。
元久《げんきゅう》元年（一二〇四）頼家、修禅寺で暗殺。
二年（一二〇五）幕府重鎮の畠山重忠、重保親子、殺害。
重忠を討った稲毛重成《いなげしげなり》、殺害。
建暦《けんりやく》三年（一二一三）幕府重鎮の和田義盛《わだよしもり》とその一族、滅亡。
建保《けんぽう》二年（一二一四）頼家三男・栄実《えいじつ》、自害。
三年（一二一五）北条時政《ときまさ》、死亡。
七年（一二一九）三代将軍・実朝、鶴岡八幡宮にて暗殺。
暗殺犯・公暁《くぎょう》、殺害。

承久《じょうきゅう》二年（一二二〇）頼家四男・禅暁《ぜんぎょう》、殺害。

　三年（一二二一）承久の乱。

嘉禄元年（一二二五）北条政子、死亡。


「何よ、これ！」

さすがに彩音さんも声を上げた。

「想像していた以上の、謀殺・暗殺のオンパレードじゃないの」

でも、とぼくは言った。

「現実は、これに伴って、もっと多くの人たちが亡くなっているはずです。事実、高《たか》館《だち》では、義経に従ってその家族や弁慶たちも命を落としているわけですし。あと、頼家が修禅寺で暗殺された際には、十三人もの家臣たちが彼を護ろうとして亡くなっています。実朝の時だってそうです。彼の太刀持ちをしていた源仲章《なかあきら》も同時に斬殺されている。だから、きちんとそれらをカウントしたら、この何倍にもなるでしょう」

「確かにそうね。おそらく、この数十倍もの人々が命を落としている。しかもそれは、華々しい戦いの中ではなく、暗く陰湿な争いの中で」

「それに、これ以外の病死・急死も、とっても怪しいです。果たして、本当に病死だったのかどうか」

「毒を飲まされたということ？」

「ええ。当時は、猛毒のトリカブトなんかも、普通に流通——という言い方もおかしいですけど、かなり簡単に手に入って、実際に使われていたようですからね」

「なるほど。鎌倉は、かなり危ないわね」

「危ないって」巳雨ちゃんが恐る恐る口を開いた。「あの場所が危ないの？　死んだ人たちが今もまだ、たくさんそこに住んでいるの？　じゃあ、もしかして摩季姉ちゃんも——」

「そうじゃないわ」彩音さんは、優しく首を横に振った。「鎌倉時代が、ちょっと恐いという意味。でも、大抵の人たちはきちんと供養されて、彼岸に渡っているから大丈夫。たまに恨みを残したままの人たちが怨霊として存在してるけど、そういう霊魂はちゃんと封じ込められているはずだから」

「暴れたりしないの？」

「もちろんよ。そんな怨霊たちに大暴れされたりしたら、大変なことになっちゃうでしょう。今、私たちの住んでる世界が壊れちゃうわ」

「そうだよね」

巳雨ちゃんが微笑んだ時、ぼくはふと思って彩音さんに問いかけた。

「確か……以前に彩音さんは、怨霊を供養するためには、彼らの話を聞いてあげて、その希望を叶えてあげる、つまり恨みを晴らせるものならば少しでも晴らしてあげて、そして彼岸に渡ってもらう、というようなことをおっしゃっていましたよね」

そう、と彩音さんは頷いた。

「その霊が、何に対して恨みを持っているのかを、私たちが共有してあげることが重要。実際に死後の自分がきちんと祀られていないということ自体が『恨み』となっている霊たちも多くいるようだから」

「それでぼくも、昨日、摩季ちゃんが言ったという『怨霊』は、一般的な意味で言ったのか、それとも個人的な怨霊を指しているのか……どっちだろうと考えていました。でも、この表を作っている時に、ふと思いついたんです。鎌倉時代、いや日本史上に燦然《さんぜん》と輝く源頼朝の、弟である範頼に関して」

ぼくは年表を指差した。

「彼の存在は、同時期に希有《けう》の天才武将・義経が現れたおかげで、すっかり霞《かす》んでしまっています。でも、範頼も一軍の将として平家を追い落とした。決して、巷間《こうかん》言われるように無能な武将じゃない。しかしその彼が、やがて謀反の疑いをかけられて暗殺――あるいは自害に追い込まれた」

「そう……ね」

「あと、もう一人。頼朝の後を継いで二代将軍となった頼家。彼もまた、歴史上の評判は余り芳《かんば》しくない。単なる御曹司だとか、独断専行の将軍だとかいわれています。そして彼は、突然の病に襲われた」

「急病になったの？」

「ええ。しかもその時などは、まだ亡くなってもいないうちに、鎌倉中に『頼家死亡』という報せが駆け巡った。藤原定家《ていか》の『明月記』にも載っているほど有名な話です。そしてその後――暗殺されました」

「それで……その二人がどうしたというの？」

「今気になっているのは、この二人が同じ『修善寺』という場所で殺されているという事実なんです。当時、修善寺――ちなみに、ここの地名は『修善寺』で、頼家が幽閉された寺は『修禅寺』ですが――は、一種の流刑《るけい》地だったわけですけど、鎌倉幕府に関して非常に重要な位置にいた二人が、同じ土地で命を落としているのも怪しい気がします。それに、そもそもぼくらはこの二人に関して、良く知らないんじゃないかって」

「そう言われれば、そうね」彩音さんはグリの頭を撫で、グリは気持ちよさそうに目を細めた。「一人は頼朝の弟で一軍の大将。そしてもう一人は頼朝の長男で鎌倉二代将軍だというのにね」

「義経と弁慶や、三代将軍の実朝の最期ばかりが多く語られて、彼ら二人に関しては余り伝えられていない。いえ、もちろん岡本綺堂《おかもときどう》の『修禅寺物語』なんていう戯曲もありますし、舞台にもなっています。でも、それにしても余りに少ない」

「じゃあ陽一くん、修善寺に関しても調べてみて。もしかすると、どこかで関係しているかも」

「臭《にお》いますか？」

「今、あなたに言われるまで、気づかなかったけれど……何かありそうね」

「実は、彩音さんがきっとそうおっしゃるだろうと思って、資料を持って来ました」

「あら」彩音さんは、からかうように笑った。「陽一くんも、未来を予見できるようになったの？」

「そういうわけじゃないですけど」ぼくは苦笑いしながら肩を竦めた。「長いおつき合いの賜物《たまもの》です」

ぼくが答えた時、玄関の戸が開いた。

了さんが戻ったのだ。

「お兄ちゃんだ！」

巳雨ちゃんは、弾かれたようにソファを下りて部屋から飛び出して行った。そしてすぐに、了さんにぶら下がるようにして戻って来る。ぼくが挨拶をすると了さんは、

「陽一くんも、来てくれていたんだね」と微笑んでくれた。

一方、彩音さんは、

「どうだった、兄さん」身を乗り出して訊く。「病院の様子は？」

ああ、と答えて了さんは汗を拭《ぬぐ》うと、彩音さんの差し出す冷たい麦茶を一口飲む。

そして言った。

「想像以上に、やっかいそうだよ」

2

修禅寺から桂川《かつらがわ》に沿って西へ向かって歩くと、昔からの家や旅館が建ち並ぶ通りに出る。川の向こう岸には「竹林の小径《こみち》」という洒落《しゃれ》た遊歩道が造られ、朱塗りの橋も架かって「伊豆の小京都」と呼ばれる観光名所になっている。だから休日の昼ともなれば、大勢の観光客で溢れかえる。

しかし、今は真夜中。街灯すらない道を、月明かりだけを頼りに大磯笛子《ゆうこ》は、夜の風に黒く艶《つや》やかな長い髪をなびかせて、急ぎ足で歩いていた。

その手には灯り一つ持っていない。それにもかかわらず、まるで夜目が利くかのように、正確に細い脇道に入る。そして、細く長い石段を軽やかに登って行く。空には夏の星座が燦《きら》めいている。

かつてこの地を訪れた正岡子規《まさおかしき》が、

此の里に悲しきものの二つあり
範頼《のりより》の墓と頼家《よりいえ》の墓と

と詠んだその墓を目指して歩いているのだ。

小高い山の中腹、竹藪に囲まれるようにして祀られている頼朝《よりとも》の弟・範頼の墓は——あの平家を滅亡に追いやった、一軍の大将だというのに——修禅寺に比べるまでもなく常に閑散として、訪れる人々も格段に少ない。ましてやこんな夜中。辺りに人の気配は全く感じられなかった。時折、夜風に竹藪が音を立てて大きく揺れる。それは、まるで巨大な何者かの姿を映し出しているようだ。いや、それとも本当に、今も誰かが範頼の墓をこうして護っているのか。

右へ左へと曲がりくねる細い道を登ると、やがて笛子は小さな墓の前に進み出た。

今でこそ、しっかりと土台を固められているが、一昔前は苔《こけ》むした小さな塚だった。大きな恨みを残して亡くなっているはずの範頼公を、このように淋しく祀っておいてよいものだろうか。

笛子は持参した白い百合《ゆり》の花を墓に供えると、線香に火をつけた。

ふわりと、上質な白檀《びゃくだん》があたりに漂う。

月明かりの下で、白百合と白檀の香りが、えも言われぬ空間を作り出した。笛子は三歩下がると、その場に跪《ひざまず》いた。そして、何のためらいもなく自らの右手の小指の先を嚙み切ると、一筋流れ落ちた血を左手のひらで受けた。

そして、白い月明かりの下、独《ひと》り言《ごと》のような真言《しんごん》を何度も繰り返す。何度か「オン・ダキニ」という文言《もんごん》が風に乗っては消えていった。

背後で竹藪が、ザワザワと大きく何度も揺らぐ。

笛子の額には玉のような汗が浮かび、月影に照らされたその顔は、先ほどよりもなお青白く透き通ってゆく……。

やがて笛子は立ち上がり、深々と一礼するとその場を離れた。そして登って来た石段を、肩で息をしながら、ふらりふらりと下りて行った。そして、今やって来た桂川沿いの道を、今度は修禅寺へと向かって歩く。

次に向かうのは、鎌倉二代将軍・頼家の墓だ。

月はやや傾いたものの、皓々《こうこう》と輝いて、日本人形と見間違うような笛子の顔を白く照らし出していた。

修禅寺正面に架かる虎渓橋《こけいばし》を渡ると、土産物屋の間の、狭く長い石段を登り、笛子は真っ直ぐに頼家の墓へと進む。

こちらの墓は、母親の政子《まさこ》が建立《こんりゅう》した供養堂——丈六釈迦如来坐像《じょうろくしゃかにょらい》の安置された「指月殿《しげつでん》」の近くに祀られているために、範頼の墓よりは参拝客も多い。

しかしそうは言ったところで、観光でこの地を訪れる人々は、どこまで頼家の痛みを理解しているのか。いや、殆《ほと》ど共有などしていないだろう。せいぜいが『修禅寺物語』で語られている程度のものだ。

笛子は月明かりの下、「指月殿」を横目で見て、さらに石段を登ると頼家の墓に手を合わせた。そして範頼の時と同様に白百合の花を供え、白檀の線香に火をともす。

さすがにこちらの墓の周囲は、気が重く垂れ込めている。それほどまでに、まだ頼家の怨念《おんねん》が色濃く残っているということだ。

すぐ隣の広場の片隅には、この地で頼家と共に命を落とした「十三士の墓」もある。これは現在も日本各地に伝わる「十三塚」の一つだという話もあるが、実際にここで十三人の家臣たちが殺されたのだと笛子は確信していた。

彼らの無念を肌で感じる。

それに比べると、先ほど前を通り過ぎた「指月殿」の空虚さは何なのだろう。ほんの目と鼻の先だというのに、空気の密度が全く違うではないか。

笛子は墓から三歩下がると、今度は左手の小指の先を噛み切り、滴《したた》る赤い血を右手のひらで受けた。そして再び真言を唱える。

心を込めて唱え終わると、笛子はふらりと立ち上がって深々と頭を下げ、もと来た石段へと向かう。長い石段を下りて行くと、白々とした月明かりに照らされた修禅寺が正面に見えた。

いずれあそこの宝物殿に忍び込んで「寺宝面」を盗み出さなくてはなるまい。『修禅寺物語』のモチーフになった木製の面《おもて》だ。

それは、まさに鬼の面。頼家の怨念が深く染みている、目にするだけでも恐ろしい木製の面。この先、必ず必要になる。

とにかく——。これで一通りの挨拶は終了した。

あの方に報告がてら、次の指示を仰がねばならない。今は、あの方のおっしゃる通りに、淡々と仕事をこなせば良いのだ。

笛子は妖艶に微笑むと、つい先ほどとは打って変わって、まるで狐のように軽やかな足取りで、月に照らされた桂川沿いの道を歩いて行った。

＊

「意識のなかった摩季が、突然いなくなってしまったって——」

彩音さんは眉をひそめる。

「どういうことなの」

うん、と了さんは頷いて麦茶をもう一口飲むと、話し始めた。

「今朝早く、車椅子に乗った中年男性と、女学院の制服を着た女子が訪ねて来たそうだ。もちろん地元だから、看護師さんはすぐに摩季と同じ女学院生だと分かった。でも、まだ面会時間には早すぎたから、一度帰ってもらおうとした。ところがその女の子が言うには、授業が始まる前に一目だけでも会いたい、同学年でしかも従妹なので、女学院を代表して来た、こうして親戚の叔父さんにも一緒について来てもらったんだ、と——」

「ふん」と彩音さんは鼻で嗤《わら》う。「勝手なことを」

「仕方なく看護師は、検温前のほんの少しの時間ならば良いと言って許可してしまったらしい。ところがここで、トラブルが起こった。昨日見たように、あの病院のICUには、他にも大勢の患者が入っていたろう。その中の一人が、突然危篤状態に陥《おちい》ってしまったというんだ」

「また、ずいぶんタイミングが良いわね」

「そこで、担当の医師や看護師たちが、患者の手当に奔走《ほんそう》することになった。それが何とか落ち着いた時に、ナースステーションのアラームが鳴っていることに気づいた看護師が、あわてて摩季を見に行くと――ベッドはもぬけの殻《から》になっていた」

「つまり」彩音さんは吐き出すように言った。「その二人組のどちらかが、他の患者のトラブルを引き起こし、その間に摩季を連れ出したというわけね」

おそらく、そういうことだ。

その二人が、何かやったのだ。たとえば、こっそりとその患者の機器の電源を落とすとか、器具を外してしまうとか……。

「きっと」と彩音さんは言う。「その男性は、車椅子を必要とするような状態ではなかった。摩季を乗せて運び出すためだけに、わざわざ車椅子に乗って来たのね」

「多分ね」と了さんも頷いた。

「ICU内のどさくさの最中《さなか》で、自分の代わりに摩季を車椅子に座らせて、こっそり出て行ったんだろう。もしかすると、あらかじめ白衣なんかも用意していたかも知れない。医師が横についていると思われれば、ぐったりとした女性を車椅子で運んでいても、それほど怪しまれずにすむからね――。しかし、まだ何も証拠がないから、病院側としても公《おおやけ》にはできないようだった」

でも、と彩音さんは眉根を寄せて首を傾《かし》げた。

「どうしてそこまでして、摩季を？　理屈が通らないわ」

「どういうことですか？」

尋ねるぼくに、彩音さんは答える。

「だって、もしもあの子を攫《さら》って行きたかったのなら、由比ヶ浜なんかに放ったりしないで、最初からそのまま連れて行ってしまえば良かったじゃない。それなのに、一旦は浜に放置して、入院したとなったら、今度は病院まで誘拐に来たのよ」

「そうなんだよ」了さんは、軽く首を傾げた。「わざわざ危険を冒す理由はなかったのにね」

確かにその通りだった。彼らにしてみれば二度手間になる。

しかも、危険を伴う。

「突然、何らかの理由で、摩季ちゃんが必要になったんでしょうかね」

「その人たちに訊いてみなくちゃ、何とも言えないわね……。それで、兄さん。その女の子の名前は分かったの。本当に摩季と同じ学校だった？」

「名前は、大磯笛子というらしい」

「本名？」

「ぼくも刑事さんたちと一緒に、女学院まで確認しに行ったんだ。すると、確かにその名前の学生は最近転校してきて、摩季と同学年に在籍しているということだった」

「名前を隠すつもりはなかったのね」

「偽名を使って、万が一問い合わせなんかが入ると、かえって面倒だと考えたんじゃないかな」

「ずいぶんと良い度胸ね」

それで、とぼくは意気込んで尋ねた。

「その大磯って女の子は、女学院にいたんですか！」

「いいや。今日は欠席だった」

「それはそうでしょう」彩音さんは皮肉に笑った。「摩季を誘拐していたんだから」

「そこでぼくは刑事さんに頼んで、学校側から彼女の情報を提示してもらおうと思ったんだが、見つからなかった」

「見つからなかったって、どういうこと」

「文字通り、彼女の身上に関する書類が、全部行方不明になっていた」

「住所も家族関係も？」

「そうなんだ。もちろん転入の際には、校長、教頭を始め、学年主任や担任が書類を確認している。しかし今は、一切なくなっていた。パソコンの中の情報も含めて。だから女学院でも、担当者が顔を青くしていた。こんな不祥事は、学院始まって以来のことだってね」

「じゃあ、その女の子に、家族がいるかどうかも分からないのね」

「母親は亡くなっているようで、転入当日は父親と二人でやって来たらしい」

「父親――」

「大柄で、酷《ひど》く無愛想《ぶあいそう》だったが、どこかの俳優か歌舞伎《かぶき》役者のように端正な顔立ちの男性だったみたいだ。だから、事務の人たちの間でも少しの間、イケメンの父親と美人の娘といって噂になっていたらしいよ」

「それが今日、病院に来たという男かしら」

「さあ……それは分からないけど、その可能性は充分にあるね」

「どういうことなのよ」彩音さんは、爪を噛んだ。「今、鎌倉で何が起こっているというの」

その言葉に、無言のまま肩を竦めた了さんに向かって、

「もし何なら――」とぼくは提案した。「四宮《しのみや》先生に、相談に行って来ましょうか」

「雛子《ひなこ》先生ね……」

彩音さんも大きく頷いた。

四宮雛子先生というのは、熱海《あたみ》・伊豆山《いずさん》から少し山に入った所に棲んでいる、四柱《しちゅう》

推命《すいめい》の大家《たいか》だ。

　ぼくたちはいつも、何かあるたびに四宮先生を頼っている。ぼくの胸の辺りまでしか背丈のない小柄な先生は、いつも黒っぽい和服を着ていて、話しかけても殆ど余計な口をきかないが、ぼくに対しては自分の孫のように接してくれるので、ついつい甘えてしまう。

　先生は四柱推命占いを生業《なりわい》としていたにもかかわらず、余程のことがない限り卦《け》を立ててはくれない。以前にはその評判を耳にして、毎週のようにテレビに出演している有名芸能人や、誰もが名前を知っている大物政治家たちからの依頼が、ひっきりなしにあったらしいのだが、全て門前払いしてしまったという。

　一言で言えば、異常に偏屈なのだ。

　そして占いの結果も、たとえば、

「『震為雷《しんいらい》』だ。震の来《きた》る時、虩虩《げきげき》たり。君子もって恐懼修省《きょうくしゅうせい》す——。また地震があるかも知れないね。あるいは、雷鳴が轟《とどろ》いて驚くかな」とか、

「『沢水困《たくすいこん》』だね。九二の陽が初三の陰に覆われ、四五の陽が上六の陰に覆われる。困窮の極みだ」

　などと、意味の良く分からない話を聞かされる。しかし、これがとても当たるとい

って評判が良かった。

「お願いできる？」彩音さんはぼくに向かって、手を合わせた。「私たちの事で申し訳ないけど」

「もちろんです」

摩季ちゃんの事件だ。ぼくにとって、とても他人事とは思えない。

「四宮先生にお訊きすれば、この出来事の原因と対処法を、しっかり占ってくれると思います」

「そうね。あの先生ならば信頼できる」

「じゃあ、今からすぐに連絡してみて、伊豆山まで行って来ます」

と答えて、ぼくが立ち上がった時、

ニャンゴ！

突然、グリが叫んで彩音さんの膝から飛び降りた。そして、ガリガリと激しく床をひっ搔く。

「ちょっと、これは……」

彩音さんが言ったのとほぼ同時に、下から突き上げられるような震動を感じた。続いて横揺れが来る。

「大きいぞ！」

了さんが叫ぶ。

食器棚の食器が、ガチャガチャと音を立て、照明がブランコのように揺れた。グリが彩音さんに飛びつく。了さんは、

「巳雨っ、こっちに来なさい！」

巳雨ちゃんを自分の胸に抱え、ぼくと彩音さんがその場にしゃがみ込んだ時、家全体がさらに大きく軋《きし》んだ。

揺れが少し収まった頃、了さんはすぐにテレビのスイッチを入れた。

ずいぶん大きく揺れたように感じたが、都内の震度は三から四だったようだ。まだドキドキしながら、ぼくはテレビの画面を覗き込む。すると震源地は何と、

「由比ヶ浜沖——鎌倉だ」

ぼくは声を上げてしまった。

「震度五弱。マグニチュード五・六ですよ！」

「やっぱり、間違いなく鎌倉で何かが起こってる」

そう言うと、彩音さんは顔をしかめてこめかみを押さえた。

「大丈夫ですか。顔色が余り良くないですよ」

心配して覗き込むぼくに、

「平気」と彩音さんは、少しだけひきつりながら微笑む。

ぼくらは、余震と停電に備えながら、食い入るようにテレビを見つめ、同時にラジオからの情報も聞いた。怪我人の報告はあるものの、幸いなことに亡くなった人は、今のところ誰もいないようだった。大きな余震と津波には、充分に注意してくださいと、テレビとラジオのアナウンサーが何度も言っていた。

やがて、現地からの詳しい被害状況が伝えられたのだが、その第一報でぼくらは息を呑んだ。テレビのアナウンサーが、

「先ほどの地震によって、鶴岡八幡宮、一の鳥居が倒壊したもようです」

と、告げたのだ。

「震度五弱だぞ！」了さんが叫ぶ。「その程度の地震で、あの頑丈な石造りの大鳥居が？」

「でも本当ですよ、ほら！」

ぼくはテレビの画面を指差す。鎌倉上空を飛ぶヘリコプターが、その様子を映し出していた。つい昨日、横を通って眺めてきたばかりの、あの大きく立派な鳥居が、今

や単なる灰色の残骸《ざんがい》の塊《かたまり》と化していたのだ。

ぼくらは半《なか》ば呆然と、その光景に見入った。

「信じられない」了さんは目を丸くした。「確かに関東大震災の時には、二の鳥居が倒壊してる。しかしあの時は、震度七、マグニチュード七・九だった」

「確かに変ね」彩音さんも言う。「あの鳥居が、そんな簡単に倒れるはずがないわ」

「でも、実際に倒れちゃってますよ！　見てください。かろうじて、台石と柱が残ってるだけです」

「でも、鳥居が倒れるって……」

確かにこれは、とんでもなく大変なことだ。

鳥居の起源や語源は、実を言えば、はっきりとは分かっていない。形式も、神明鳥居から始まって、明神鳥居、八幡鳥居、両部鳥居、三輪鳥居など、実にさまざまな形が存在している。しかし、その意味しているものは全て同じ。

神域と俗世界の境を構築している。つまり「結界」の役目を果たしているのだ。

そして、さらにそのパワーを強めるために、多くは注連縄《しめなわ》が張られている。鳥居も注連縄も、同様に「結界」を作り出している。

ちなみに、出雲大社《いずもたいしゃ》の拝殿には長さ六メートル、重さ一・五トンという巨大な注連縄が張られているが、あれは大怨霊である大国主命《おおくにぬしのみこと》を外に出さないために、あれほどの大きさになったというのは有名な話だ。

ゆえに、その「結界」の一つである鳥居を壊すということは——。

「神界と俗界の境界線を消してしまうことになる」彩音さんが言った。「そして今、鎌倉の地における重要な境目が、一つ消えた」

「もしかしたら」了さんが言う。「これも、摩季を誘拐した奴らの仕業なのかも知れないな。いや、何も証拠はないが、何となくそんな気がする」

「私も、そう思う」

「でも——」ぼくは、彩音さんに向かって問いかけた。「本当にそうだとしたら、彼らは、何のためにそんなことを？」

「分からない……」

「確かに鶴岡八幡宮には、恨みを呑んで亡くなった人たちも祀られています。だから、鳥居という結界がなくなってしまえば、その霊たちは外へ飛び出して来るでしょう。でも、ここが肝心な点ですけれど、あそこには源頼朝も祀られているんですよ。鎌倉の街や歴史を作った、大守護神の頼朝が。あの場所にいくら強い怨霊がいるといったって、まさか頼朝にかなうはずもないでしょう。特に源氏関係であれば、プラスマイナスゼロどころか、ぼくらにとってはプラスです」

「確かにそうよね……」

と彩音さんは顔を歪《ゆが》める。

「そして、源氏関係の怨霊と言えば——。ねえ、陽一くん。範頼と頼家の話をもっと聞かせてくれない。もしかすると、そこに何かヒントが隠されているかも知れない」

「え？　範頼も頼家も、鶴岡八幡宮に祀られていませんよ。今も、修善寺にいるはずです」

「でも……何となく気にかかるの」

「さっき言ってた人たち？」巳雨ちゃんが尋ねてきた。「二人とも、怨霊さんなんでしょう」

「間違いなくね」ぼくは答える。「彼らは、とっても大きな恨みを呑んで亡くなっている。ただ残念なことに、そんな話は一般的に余り認知されていないんだよ。だから、ぼくらは、彼らの無念の思いを、きちんと知っていない。そのために、余計に怨念が増幅している可能性がある。でも幸いなことに、しっかりと封じられているはずだよ。修善寺でね」

「鶴岡八幡宮じゃないの」

「ああ」とぼくは巳雨ちゃんに向かって頷いた。「鶴岡八幡宮には、今言ったように源頼朝がいるからね。直接ではないにしろ、彼らを死に追いやった男だ。一緒には、祀れないんだろう」

「そう……」

巳雨ちゃんは口を尖《とが》らせた。しかしすぐに言う。

「じゃあ、もしかして、範頼と頼家の怨霊が修善寺で解き放たれちゃったから、その二人を抑えるために頼朝さんを呼び出そうとしてる……とか？」

まさか、とぼくは笑ってしまった。

「一口に、怨霊の封印を解くと言っても、そんな簡単なことじゃないんだ。それなりの複雑な手順を踏まなくちゃならないし、きちんとした真言や詞《ことば》を知っていないとならないからね」

「そうかあ……」

「確かに、悪い霊が飛び出してきたから、それをもっと強い兄や父親の良い霊で抑えてもらおうという理屈は正しいけれどもね」

巳雨ちゃんが「ふうん」と言って納得した時、テレビから最新ニュースを読み上げるアナウンサーの、沈痛な声が流れてきた。

「先ほどの、鶴岡八幡宮一の鳥居倒壊に伴いまして、男性一名が死亡、女性一名が危篤状態で救急病院に運ばれていたことが判明しました。亡くなった男性は三十代。そして危篤状態の女性は十代で、地元の女学院の制服を着ていることから——」

「摩季！」

彩音さんが悲痛な声を上げた。そして、こめかみを押さえて目をつぶった。

「兄さんっ。その高校生は、摩季だわ！」

「何だって」

「間違いない。彩音、確かなのか」

「兄さん、車を出して。鎌倉へ行かなくちゃ！」

「わ、分かった」

了さんは、あわてて立ち上がった。

「おそらく道は大渋滞してるだろうが……といって、横須賀線《よこすか》も止まっているに違いない」

確かにそうだ。そうなると、交通手段は、やはり車しかない。

了さんは一瞬ためらったが、すぐに決断した。

「よしっ。行ける所まで行こう。それから先は、その時に考えよう」

大きな地震の後が必ずそうであるように、外は雨が降り始めていた。

想像を超えるショックを受けてしまうと、人間は何をするべきか全く考えられなくなってしまうものだ。思考も体も硬直してしまう。

そしてそんなことを、疾《と》うの昔にぼくは経験済みだ。だから、二度とそんな状態に陥ることはないと思っていた。

しかし今回も——。

ぼくは完全に言葉を失ってしまい、ただ窓を叩く雨を眺めていた。

＊

男は古ぼけた小さなお堂の中に、一人座っていた。

目の前には笏《しゃく》を手にした、衣冠束帯《いかんそくたい》姿の男性の小さな木像が飾られている。

平安貴族のような出で立ちだから、かなり古い物なのだろう。殆ど彩色も剝《は》げて、所々には地の木目すら浮かんでいる。

木像は、眺める人々誰もが冷たい印象を受けるに違いない、無表情で虚無的な顔つきだった。薄い唇は固く閉じられ、うっすらと開けられた目が、眺める者を冷ややかに見下ろしている。

しかし、角度によっては非常に聡明そうでもあった。

その怜悧そうな顔が、足下に点っている蠟燭《ろうそく》の灯りでゆらゆらと照らし出されると、薄く開けた目も左右に揺れた。それはまるで、眺めている人間の心の中を推し量っているような視線だった。見ている側の心に曇りがあってはとても対峙できない、そんな気にすらさせられる。

男はその木像を前にして正座し、先ほどから静かに真言を唱えている。

真言の調子が変わるたびに、男の手の結ぶ印も、金剛印、火炎印、内獅子《ないじし》印、外獅《げじ》子《し》印、繋縛《けばく》印、三光印と、流れるように変化した。

どれくらい時間が経ったろうか、やがて男が、

「オン・サラバ」

と短く唱えて目を開けた時、背後でカタリと小さな音がした。

男は振り向きもせずに、問いかける。

抑揚《よくよう》の殆ど感じられない、低く太い声だった。

「磯笛《いそぶえ》か」

はい、と女性の声が返ってきた。

「申し訳ございませんでした、高村《たかむら》さま」

磯笛は、お堂の外の庭で平伏する。

「あの場所——元八幡で、まさか見られていたとは気づかず、その気配も感じ取れず。未熟な私如きのために、ご面倒をおかけいたしました」

「気にするな」

「それで……あの女はいかがいたしましょう」

「好きにしろ」

高村皇《すめろぎ》は、相変わらず振り向きもしないで答える。

「承知しました。それと、例の教師も用は全て終わりましたので——」

磯笛は、高村の大きな背中を見上げると、かすかに微笑み、

「後のことは、ご憂慮《ゆうりよ》なく」

改めて平伏すると立ち上がり、一礼する。

そして、黒髪を艶やかになびかせながら音もなく去って行った。

＊

了さんの運転する車が鎌倉の救急病院に到着した頃には、すっかり辺りが暗くなってしまっていた。

それでもぼくらは、すぐ病院に飛び込む。移動中の車の中から連絡を入れてあったので、そのまま対面できることになった。

危篤状態で運び込まれた女子高生は、間違いなく摩季ちゃんだった。ぼくは、彼女の白い横顔を見つめる。悔し涙の一粒さえも出なかった。

了さんも、酸素マスクを装着した摩季ちゃんの青白い顔をじっと見つめ、彩音さんは目を閉じたまま、冷たく硬直している彼女の両手を強く、時には優しく、握り締めていた。ただ、巳雨ちゃんだけが、しくしくと泣き通しだった。

そんな巳雨ちゃんに向かって、

「巳雨、泣くんじゃないよ」了さんは自分に言い聞かせるように告げた。「摩季は、死んでしまったわけじゃない。まだ、望みはある。きっと大丈夫だから」

お兄さまですか、と担当医は尋ねて、「はい」と了さんが答えると、ドクターは続けた。

「妹さんは現在、心肺停止状態ですが、今、おっしゃったように、まだ希望はありま す。一般的に心肺停止状態からの救命率は、七日生存で五パーセントほどはありますし、その間の処置や患者さんの状態によっては、その後に社会復帰されている方もいらっしゃいますから。そして我々も、最善の方法は取らせていただいています」

「しかし、どうしてこんな状態に」

「どこにも大きな外傷は見当たりませんでしたので、心因性のものかと思われます。もちろんですが、特に犯罪性もないようですし」

「ということは、鳥居の倒壊に直接巻き込まれてしまった、というわけではないんですね」

問いかける了さんに、ドクターは、

「そのようです」と答えた。「コンクリートの破片などで、多少は傷ついておられるようでしたが」

「もう一人、亡くなった男性の方というのは――」

「現在、県警で身元確認中ですが、摩季さんの学校の先生だったようですね。ですから、その方が倒壊した鳥居の下敷きになったのを目撃して、そのショックの余り……

という可能性もあります」

次に神奈川県警の刑事さんがやって来て、県警の見解を了さんたちに説明する。

それによると——。

女学院で日本史を教えていた教師が、失踪していた摩季ちゃんの姿を鶴岡八幡宮一の鳥居近くで発見した。そこで、彼女に問いかけているうちに、先ほどの地震が襲ってきて、鳥居が倒壊した。教師は、崩れてきた鳥居の笠木《かさぎ》の直撃を受けて、即死。かなり心臓が弱っていた摩季ちゃんも、それを目の当たりにしたため、ショックで心肺停止状態となった。

今のところ県警では、そのように考えているらしかった。そんな話に了さんは一言も異議を挟まず、ただ首肯《しゆこう》していた。

その後、これからについての質問などをして、ぼくらは病院を後にした。

巳雨ちゃんは、しくしくと泣き、雨はまだ降り続き、たまに遠雷《えんらい》が轟いている。

一日がかりの移動になってしまった。

誰もが疲労困憊して、車に乗り込む。

彩音さんは了さんを気遣って、運転を代わりましょうかと言ったが「大丈夫」と了さんは答えてハンドルを握った。彩音さんは、いつでも交代しますと言いながら、助手席に座った。

そしてぼくは、すっかり目を泣き腫《は》らしてしまった巳雨ちゃんに寄り添うようにして、後部座席に腰を下ろした。

了さんは静かにアクセルを踏み込むと、まだ混乱を続けている若宮大路をゆっくり走らせる。帰り着くまで、またここから長い道のりになる。

「巳雨、寝ていて良いからね」

彩音さんが言って、巳雨ちゃんがコクリと頷くと、

「さて……」

と了さんは、軽く嘆息した。

「今のところ摩季の体は、病院で預かってくれているが、これから先のことも考えなくてはならないな」

「まさか――」とぼくは尋ねる。「万が一の時に、そのまま行政解剖、あるいは司法解剖なんてことにはならないでしょうね。そんなことになったら、大変な事態に陥ってしまいます」

「大丈夫だよ。警察でも、犯罪性が何もないと思っているから。だからさっきは何も言わなかった。あくまでも、地震による災難だったんだと考えてもらわなくちゃなら

ない」

「そうですね」

「帰る前に、解剖だけは絶対に止めてもらいたいと何度も念を押して来たから、万が一そんな必要性が出てきたとしても、必ず一言連絡があるはずだ。もう一人の男性教師も、完全に事故死扱いだったようだしね」

「巳雨、起きてるか？」

「なあに、お兄ちゃん」

「さっき、何か感じなかったか？　また誰かが、見張っていたとか」

「ずっと見られてる感じがする」

「なんだって。また、一の鳥居の辺りか」

「ううん」巳雨ちゃんは、首を横に振った。「もっと先だった。八幡宮の方」

「ひょっとして」

ぼくは後ろから身を乗り出した。

「何者かが、次に鶴岡八幡宮の二の鳥居を壊そうとしているんじゃないですか」

「二の鳥居を？」

「彩音さんのおっしゃったように、本当に鶴岡八幡宮の鳥居を、三の鳥居まで全部壊そうとしているのかも知れませんよ。そして、頼朝の霊をこの世に呼び戻そうとしているんじゃないでしょうか」

「鎌倉を守るために？」

「はい」

「そうだとしたら、良いんだけどね」

「でも、そうとしか思えないでしょう。やはり、範頼と頼家の怨霊が、かなりマズイ状況になっているんじゃないでしょうか。たとえば、彼らが当初考えていた以上に大きくて、手に負えなくなってしまったとか」

しかし、と了さんは顔をしかめた。

「彼らを抑えるために頼朝を呼び出すのは良いとしても、そのために鶴岡八幡宮の鳥居を全部壊すというのは考えにくいな。大変な仕事だよ」

「それは……確かに」ぼくは頷いた。「でも、実際に地震のどさくさで、一の鳥居を壊したのは事実でしょう」

「しかし、どうやってあれを壊したんだ」

「方法までは、分かりません。ああ。そういえば、さっき言ったように、柱には大きなひびが入っていましたから、それも――」

「じゃあ陽一くんは、この地震も彼らが引き起こしたと言うのか？　まさか、そんなことまでできる奴らだと」

「それは、今はまだ何とも……」

　ふうっ、と了さんは大きく嘆息した。

「そいつらは、一体何を考えているんだ。彩音、おまえはどう思う？」

「私も分からない」彩音さんは、爪を噛んだ。「まさに、五里霧中《ごりむちゆう》」

「そうか……。何かちょっとした手がかりでもあると良いんだがな」

　了さんが呟くように言った時、

「そうだ、陽一くん」彩音さんが助手席から振り向き、ぼくに言った。

「確か、資料を持って来ていたわよね。源範頼と頼家に関しての。今も持ってる？」

「ええ」ぼくは資料を取り出した。「それならば、ここにあります」

「ちょっと、その二人について説明してくれる？　一通り知っておきたいの。どうしても今回、その二人が大きな鍵を握っているように思える」

「二人の『怨霊』が、ということですね」

「ええ。そういうこと」

「そういえば、四宮先生はどうだった？」了さんが尋ねてきた。「もしもこれから行くのなら、途中まで送って行こうか。その間に話してくれればいい」

「それが……」

ぼくは情けなく首を横に振った。全く連絡が取れないのだ。

おそらく先生は、どこかに出かけて「行《ぎょう》」に入っているのだろう。以前にも、そういうことがあったのだが、

「すみません。こんな大事な時に、お役に立てずに」ぼくは二人に謝った。「何とかして、先生と連絡を取ってみます」

そうか、と了さんは頷いた。

「そちらは任せた。頼むよ」

「はい」

「じゃあ、みんなで東京に帰るとするか。では、その二人の話を」

「分かりました」

ぼくは答えると、バサリと資料を開いた。

3

しかし、昼間の地震は大きかった。震源地の鎌倉では、相当の被害が出たらしい。

ここ、伊豆に住んでいる以上、ある程度の覚悟は決めているものの、やはり実際に大地が揺れるのは恐ろしい。本能的な恐怖を感じる。

伊豆は、東部の山々が活火山だといわれているし、その他にも、相模《さがみ》トラフだ、駿《する》河《が》トラフだ、フィリピン海プレートだと、散々言われている。ところが今回の震源地は、鎌倉だったという。こうして日本列島に暮らしている以上、どこに住んでいようとも、地震からは逃れられないのだろう。

夕暮れ近い修禅寺の寺務所で、古屋《ふるや》哲朗《てつろう》がそんなことを思っていると、またしてもグラリときた。余震だ。

古屋は、あわてて柱につかまる。寺務所の奥の方でも、声が上がった。棚や台の上に置かれたお守りや鈴が、音を立てて揺れる。

しかし、揺れはすぐに収まった。昼間ほど大きくなくてすんだようだ。古屋が、ホッと胸を撫で下ろしていると、今度は警報ブザーが鳴った。

宝物殿・瑞宝蔵《ずいほうぐら》だ！

木像でも倒れて、ガラスケースが割れたか。

あの場所には、頼家《よりいえ》の面や、範頼《のりより》の使用した馬具や、政子《まさこ》署名のお経《きょう》など、どれを取っても非常に貴重な品々がたくさん保管されているのだ。

「見て来ますっ」

古屋は、他の寺務員に告げると、寺務所を飛び出し、すぐ正面にある宝物殿に走る。そして、入り口から中に飛び込もうとした。すると正面左側の出口から、白犬か、大きな猫のような動物が、何かをくわえて飛び出して来た。

「わっ」

思わず尻餅をついた古屋を飛び越えて、その動物は走り去って行ってしまった。

古屋は、目を丸くして、お尻の砂を払い落としながら立ち上がる。

どうして、あんな動物が、宝物殿の中に入っていたのか。地震によって、扉が開いてしまっていたのか。それとも、地震に驚いて宝物殿から飛び出して来た観光客と逆に、中に飛び込んで行ったのか。しかし、昼間に内部点検をした際には、もちろんいなかった。となると、その後か——。

そんなことを思いながら、古屋は宝物殿の中に入り、ぐるりと辺りを見回した。壁

側の展示物には、何も異常はないようだ。しかし、

〝大変だ！〟

展示室の奥に置かれているガラスケースが倒れて、全面のガラスが砕け散ってしまっているではないか。寺宝の面が飾られているケースだ。大慌てで倒れたケースに駆け寄った古屋は、自分の目を疑った。

そこに展示されているはずの、頼家の面がなくなっていたのだ。

ザラリとガラスの破片をどかしてみる。しかし、やはりどこにも見当たらない。ケースが倒れた弾《はず》みで、どこかに転がり出たのかとも思い、辺りを見回してみたが、やはり見えない。

とすると、もしかして、さっきの白犬のような動物がくわえていたのは頼家の面だったのか。倒れて割れたケースから転がり出した面を、白犬が奪って行ってしまったのか。

〝そうだ。監視カメラ！〟

古屋は、天井隅を見上げた。

すると、設置されていたはずの場所にカメラはなく、そこにはただ、黒い穴がポッカリと開いているだけだった。そして肝心のカメラはといえば、床の上に転がって、

無残にも割れてしまっていた。地震の際に落ちて破損してしまったらしい。

とんでもないことになった。

すぐ、寺に報せなくては。そして警察にも。

あわてて寺務所に戻り、寺務員たちに報告する。寺務所は一瞬でパニックになった。警備員や僧侶たちまで駆けつけ、連絡を受けた警察や、地元の消防団まで駆けつけて来た。

古屋の証言に基づいて、その白犬らしきモノを捜索することになったのだ。

「他に」と警官は尋ねた。「何か、気づいた点などはありますか。その時、宝物殿の中から出て来たのは、白犬だけでしたか？」

ええ、と答えようとした古屋の後ろから、一人の女性寺務員が、

「そういえば……」と小首を傾げた。「女性が一人、出て来られました」

「女性が？」警官は古屋を見た。「あなたは、その姿を？」

全く気づきませんでしたと答える古屋に続いて、

「私は白犬を見なかったので、多分、古屋さんが入って行かれた後だと思います。女子高生か女子大生のようで、長い黒髪の綺麗な女の子でした」

と、彼女は言った。

＊

「源範頼は、頼朝《よりとも》の異母弟《いぼてい》です」

ぼくは、了さんと彩音さんに向かって説明を始めた。

「遠江《とおとうみ》の蒲御厨《かばのみくりや》で誕生しているので『蒲冠者《かばのかじゃ》』とも呼ばれていて、母親は池田宿《いけだ》の遊女だったといいます。やがて兄・頼朝の挙兵を耳にして、すぐに駆けつけ、木曾義《きそよし》仲《なか》追討の大将軍となりました。その後、やはり異母弟である義経《よしつね》と共に、大軍を率いて平家を滅亡させます」

「頼朝の弟で、義経のお兄さんというわけね」

「そうです。ただ、さっきも言ったように、派手で天才的な武将・義経がいたために、範頼はそれほど評価されていません。彼の率いた軍は——もちろん義経を擁《よう》していたということも大きかったでしょうが——何度も行われた戦に勝ち続けているわけですから、少なくとも巷間言われているような、凡庸《ぼんよう》な武将ではなかった。たとえて言えば、読売巨人軍に長嶋茂雄《ながしましげお》がいたために、広岡達朗《ひろおかたつろう》が正しく評価されなかったみたいな」

「何それ？　たとえが古すぎて良く分からないんだけど……」

「あ。すみません。ちょっと、マニアックすぎましたか」

「違うの。古いのよ、陽一くんの例え話は」

「ああ。じゃあ、ええと、中村勘三郎《なかむらかんざぶろう》がいたために——」

「もういいから、先に進んで。あなたの言いたいことは分かったから」

　はい、とぼくは頷いて説明を続けた。

「つまりこの評価は、後世の人々によって、義経をさらなるヒーローに仕立て上げるために、範頼は無能、あるいは凡庸な武将に位置づけられてしまったというようなことだと思います。シャーロック・ホームズとワトスン、あるいは、エルキュール・ポワロとヘイスティングスのようなものでしょうか。但し、当時の主従関係では、あくまでも範頼が主で、義経が従だったわけですが」

「それなら分かる」

「だから範頼に関しては、真の評価がなされていないということは、事実です」

「歴史上にそういう人物は、実際に大勢いるね」了さんが言う。「きっとぼくらは、まだ殆ど何も知らないに等しいんだ。そういう意味では、誰かが構築したフィクションの世界で生きているにすぎないのかも知れないな」

「確かに、その通りだと思います」

ぼくは何度も頷いた。

「さて、その範頼ですが、建久四年（一一九三）に、頼朝が富士の裾野で巻狩《まきがり》を催した際——さっき、彩音さんには言いましたけれど——曾我十郎《そがじゅうろう》・五郎《ごろう》による仇討ちが起こります。これが一説には頼朝暗殺計画、そして未遂だったのではないかという話があるんですが、それに関しては本筋から逸《そ》れてしまうので、また後で説明しましょう。ただ、この時も『頼朝死亡』という誤情報が、鎌倉中を駆け巡りました」

「息子の頼家の時と同じだね……。似たような誰かが関わっていたのか？」

「それは何とも言えません。情報を流した人間に関しては、何の文献も残っていませんからね。だから沢史生《さわしせい》などは『風の噂』だと言っています。鎌倉には、たまにそういった『風』が吹くのだ、と。まさにその言葉通りですね」

「『風の噂』というのは、その情報源をわざと曖昧《あいまい》にしたい時に使われる言葉だからね。イメージできる。噂を流した人間は、忍びの者に近いニュアンスだろうな。おそらく当時の鎌倉には、そういった人たちが多く住んでいたんだろう」

「ああ、なるほど。そう言われればそうですね」

と納得してから、ぼくは続けた。

「でも、ここからが問題なんです。鎌倉にいた政子は、頼朝死亡の噂を耳にして、意気消沈してしまいます。すると、やはり留守居役で鎌倉に残っていた範頼が政子に向かって、自分がいれば源氏は大丈夫です、と言った。そして帰還後、この発言が耳に入った頼朝は、大激怒した」

「しかしそれは、ただ単に政子を勇気づけようとした言葉——リップサービスだったんじゃないか」

「ぼくも、そう思います。現代風に考えると、最初にいきなり『家』や『血筋』の事を考えるのか、という違和感がありますけど、当時としてはそれが普通だったでしょうしね」

「鎌倉武士たちにとっては『家』や『土地』が第一だった」

と、了さんは前を見つめながら言った。

「自分たちの所領には特にこだわっていたから『一所懸命』——一ヵ所の土地に命を懸ける——という言葉が生まれたんだろう」

「そういうことです。でも頼朝は、異母弟のその一言を許さなかった。それに関して、範頼が必死の弁明に努めたにもかかわらず、結局は修善寺に流され、修禅寺近くの日枝《ひえ》神社下、信功《しんこう》院に幽閉されてしまいました」

でも——と彩音さんは眉根を寄せた。

「範頼は、それほどまでに頼朝からの信頼がなかったのかしら？　言い訳も聞いてもらえないほど。さっき陽一くんは、範頼は平家追討に功績があったと言っていたじゃない」

「実をいうと範頼は、その後で頼朝からの命令を拒んだりもしているんです」

「命令って、何の？」

「義経追討令です」

「え。そうなの」

「しかも、あくまでも固辞《こじ》し続けた。そのために頼朝が怒ってしまい、範頼は忠誠を誓う起請文《きしょうもん》を頼朝に送りました」

「つまり、自分の心に偽りはありませんということを神仏に誓ったのね」

「ええ。熊野三山の起請文などが、特に有名ですよね。そこに書いた約束を破ると、命を落としてしまうという誓約書です」

「それはまた、大事《おおごと》になっちゃったわね」

「範頼は、どうしても自分の手で義経を討ちたくなかったんでしょう。ずっと一緒に戦ってきた弟——異母弟とはいえ自分の肉親を、自ら追討したくなかった。おそらく彼は、とても情の深い武将だったんじゃないかと思います。だからこそ、政子に向かって告げた言葉が、ただ純粋に彼女を元気づけるためだったんだろうなって思えるんです」

「でも、その行為が頼朝の不興《ふきょう》を買ってしまったのね――」

「ですから範頼は、ここで再び起請文を書きました。ところが、かえって頼朝に睨《にら》まれてしまう。というのも、起請文の最後に『源』範頼と署名したためでした」

「どうして？　源氏の一族なんだから『源』で当たり前じゃない」

いいえ、とぼくは答えた。

「頼朝は、自分のように直系の人間にだけ『源』姓を許可していたらしいんです。異母弟の範頼や義経は認められていなかった。事実、義経が『源』姓を名乗ったときも、激怒したといわれています」

「納得できるような、できないような……微妙な感覚の話ね」

「さらにこの時、範頼の身を案じた当麻《たいま》太郎《たろう》という家臣が、正確な情報を直接得ようとして、頼朝の寝所の床下に忍び込みます。しかし、そこで捕まってしまうという不祥事が起こり、範頼の失脚が決定的になりました」

「ああ、それはアウトだわ」

「しかしこれも、範頼追い落としを画策していた人たちの陰謀だったかも知れないという説があるんですよ」

「陰謀？」

「ええ。というのも、その後の経過を見ると、当事者の当麻太郎は死罪とはならず遠《おん》流《る》。そして彼の子孫は生き残り、やがて城を構えて北条氏に仕えたといいますから」

「それじゃ……確かに、謀略の臭いがプンプンするわね」

「でしょう」

「とすれば――」

了さんが、呟くように言った。

「その時、果たして範頼は政子に向かって、本当にそんなことを言ったのかというところまで疑うことができるね」

えっ、とぼくは驚いた。

「範頼追い落としに、政子も絡んでいたって言うんですか？」

「当麻氏は、北条氏のもとで存続したわけだろう。黒幕が北条氏だったら、政子も怪しい立ち位置にいるんじゃないか」

「そうですけど……でもまさか」

「いや、完全に否定はできない。というのも、その時、政子には後々、鎌倉二代将軍になる頼家という実の息子がいたわけだ。だから、範頼が幕府の中で徐々に力を持ってくるのを、心からは歓迎していなかったと考えれば筋が通る。範頼が、自分の息子よりも人望を得てしまうと、のちのちトラブルの種になってしまうだろうから」

なるほど、そういうことか……。

幕府の中での自分の息子の地位を安定させるために、夫の異母弟を放逐する。政子が頼家を溺愛《できあい》していたとするならば、考えられなくはない。いや、非常にあり得る話なのではないか。ただ――。

果たして、そこまでするだろうか。

母親の愛は時として盲目になってしまうという歴史上の例は、いくつも見られるが、これもそのうちの一例なのだろうか……。

ぼくは、了さんの説に素直に納得しつつ、話を進めた。

「そしてついに、その年の八月。修善寺で幽閉されていた範頼は、梶原景時《かじわらかげとき》らによって攻められ、館に火をつけて自刃《じじん》したといわれています。ただ、このあたりの記述が『吾妻鏡』には見当たらないため、実は難を逃れて生き延びたのではないかという話もあるようです」

「義経の時と同じというわけね」

彩音さんが首肯した。

「じゃあ、範頼もやはり人望が篤《あつ》かった。だからそんな英雄を、あっさり殺してしまいたくないという思いがあったのかしらね。当時の人々は、愛情と恐れの両方を範頼に対して抱いていた」

「そういうことでしょうね。それほどまでに範頼は、好かれていたんでしょう。あるいは、とても心優しい良い人だったのかも知れません」

「なのに、無実の罪——冤罪《えんざい》で殺されてしまった……」

「怨霊になっていても、全くおかしくないレベルだと思います。少なくとも一時は、大軍の大将だったにもかかわらず、おそらくは意図的に仕掛けられた罠によって、自刃に追い込まれた」

「そういうことね。まさに、無念」

「では、続いて」ぼくは頷きながら資料をめくる。

「二代将軍・頼家に移りましょう」

＊

警視庁捜査一課警部補、華岡蔵太《はなおかさいた》は、自分の名前が嫌いだった。

見た目も重すぎるし、口に出して読んでも格好悪い。まるで、江戸時代の傘張り内職にいそしむ素浪人《すろうにん》のような名前ではないか。どうして父親は、こんな名前をつけたのか。

小学生の頃はともかく、四十五歳になった今でもたまに「『花が咲いた』とは、また目出度《めでた》い名前だね」とからかわれる。実にくだらない冗談だ。まあ確かに、遠い子供の頃にテレビで良く耳にした「花岡実太《はなおかじつた》」という意味不明な名前よりは、ましかも知れないが、どちらに転んだところで大差ない。

だが、もうこの歳まで自分の名前とつき合ってきたわけだから、さすがに昔と比べ嫌悪感は薄れてきているが、いつの間にか無意識に他人の姓名が気になり、同時にすぐ記憶できるようになった。おかげでその特技が、現在の仕事に役立つようになるなどとは、全く想像もしていなかったが。

警視庁の食堂で遅い夕飯を食べながら、鎌倉で起こった地震の被害を伝えるテレビのニュースを見ながら、そんなことを改めて思ってしまった。

というのも、テレビ画面上に流れた、心肺停止状態の女性の名前、

「辻曲摩季《つじまがり》」

という変わった名前を、何年か前に目にしていたことを思い出したからだ。特にその時は、またずいぶんと珍しい名字だなと意識したから、おそらく間違いない。

華岡は、捜査一課の自分の机に戻ると、

「おい。ちょっと手伝ってくれないか」

と部下の久野《くの》を呼んだ。

「昔の資料を引っ張り出したいんだ。一緒に調べてくれ」

「了解しました」

久野が答えて二人でパソコンにあたる。やはりこういう仕事は、若者に頼むに限る。パソコンのキーボードを打つスピードが違う。

おかげで、すぐにデータが引っかかってきた。その結果をもとに、今度は実際の資料を探す。こちらも、あっという間に見つかった。

「ありがとう。さすがに早いな」

礼を言うと久野は「どういたしまして」と肩を竦めて去って行った。

華岡がファイルを開くと、それはもう七年も前の事件だったが、やはり記憶に間違いはなかった。ある夜、目黒不動の辺りで、若い男の遺体が発見された「らしい」という事件だった。

何故ここで「らしい」と言うのかというと、正式には発見されていないからだ。通報を受けて華岡たちが現場に到着した時には、そんな男の遺体など、影も形もなかった。一足先に到着していた地元の警官の話によれば、間違いなくさっきまでそこにあったのだという。

どうしてさっきまであったものが、独りでになくなるんだ！　と華岡は、集まっていた野次馬の前だったにもかかわらず、思わず怒鳴ってしまった。

ただ、その当時近辺で、何度も目撃された不審な男性がいた。

その男の名前は辻曲了。

まだ二十歳を過ぎたばかりの男性で、その一年前に両親を交通事故で亡くしていた。本人が言うには、その供養で何度も足繁く通っていたのだという。

「こんな夜更けにもですか」

と尋ねる華岡に了は、

「ええ。それが何か」

とだけ当然な顔をして答えた。

しかし彼は、そんな遺体など見てもいないと繰り返し主張するばかりで、全く埒《らち》があかなかった。だが、彼を問い詰めようにも、肝心の遺体がない。何をどうすることもできずに、この事件——ともいえないような事件は、こうして参考の記録に書き留められただけで、一応の決着を見ることになった。

そして、了の三人いる妹のうちの、一人の名前が「摩季」。

今回、その辻曲摩季が心肺停止状態になったのだという。珍しい名前だけに、当人に違いないだろう。

さすがに今回は、事故で間違いないようだが……ほんの少しだけ、気にかかる。何が、と訊かれてもうまく答えられないが、項《うなじ》の辺りが散髪帰りのように、チクチクと小さく痛む。

ちょうど大きな事件《やま》も終わったところだから、明日の朝にでも顔を出してみよう。

もちろん、こちらの件は事故だから、捜査一課警部補として行くわけではない。あくまでも、個人的にだ。

そう決めて華岡は、連絡先の資料に改めて目を落とした。

＊

ぼくがふと気がつくと——。

そこは、修善寺の小高い山の中腹にある、板張りの粗末な荒ら屋《あばらや》の中だった。

強い風が吹けば、周囲の竹藪が轟々《ごうごう》と恐ろしげな音を立て、葉擦れの音が辺り一面に晩秋の冷たい雨のように降り注いだ。家の柱もギシギシと不気味な音を立てる。

建付《たてつけ》の悪い戸の隙間から外を見れば、寒そうな夜空には三日月がかかっていたが、それも風に流れる叢雲《むらくも》に見え隠れして、ときおり野犬の遠吠えが、風に乗って聞こえてくる。それ以外は、竹の葉擦れと、虫と蛙の声が草むらを埋め尽くしているだけだった。

部屋の明かりは、和蠟燭《わろうそく》が二本。すきま風にゆらゆらと揺れる灯りの周囲のみ、ぼんやりと山吹色に照らし出されてはいるが、ほんの少し離れただけで、そこは暗い闇の中だった。

その頼りない灯りの中に、男が二人、向かい合って座っていた。

がっしりとした武士らしき体格の男は、質素な紺色の直垂《ひたたれ》に身を包み、背筋《せすじ》をぴんと立てたまま、胡座《あぐら》をかいている。そしてもう一人のザンバラ髪の若い男は、もとは何色だったのか分からないほど着古した作務衣《さむえ》を身にまとい、片手には筆を握って、もう一方の手の上にはよれよれの和紙を広げていた。

この場所からは、直垂姿の男の背中と、作務衣の男の顔しか見えない。

だが、その男の張り詰めた顔には、初秋だというのに玉のような汗が、びっしりと浮かんでいた。部屋の中には、空間を限界一杯まで引き延ばしたような緊張感が漂っている。指で触れたら、そのまま全てが弾け飛んでしまいそうなほど――。

ここはどこだ？

誰と誰が、一体何をしているのだろう。

いや。そもそも、時代はいつだ？

ぼくは暗がりの中を、慎重に二人に近づく。

どうやら作務衣姿の若い男が、弱々しい蠟燭の灯りで浮かび上がる直垂姿の男の顔を、模写しているらしかった。

写し取られている男の顔は、この場所からは見えない。ぼくの視界に入るのは、殆ど瞬《まばた》きもせず、血走った大きな目を開いて、相手と和紙を交互に見つめながら、汗も拭わず必死に筆を動かしている若い男の顔だけだ。

幸い二人は、全くぼくに気づいていないようだ。そこで、部屋の隅の暗がりをこっそりと移動して、若い男に写し取られている男の顔を覗き込む。

すると――。

〝あっ〟

思わず息を呑んだ。

声を出したつもりはなかったが、気配を感じ取ったのか、直垂姿の男の目がギロリと動いて、ぼくを睨みつけた。

その冷たい視線に、ぼくの全身は凍りつく。

ただ膝がぶるぶると震えてその場にくずおれそうになったが、ぼくは男の顔から視線を外すことができなかった。

というのも、その顔……いや、そこには顔の形をなしていない、赤く膨《ふく》れあがった塊があっただけだったからだ。

それを作務衣姿の男が、必死に模写していたのだ！

そこでぼくは、ハッと我に返った。

ほんのわずかの間、ぼくの意識がどこかに飛んでしまっていたらしい。あわてて目をこすれば、ぼくはきちんと、了さんの運転する車の後部座席に腰を下ろしていた。助手席には、彩音さん。そしてぼくの横には、巳雨ちゃんが座っている。

了さんたちは、何も気づいていないようだったから、おそらく一、二秒ほど、刹那《せつな》の短い夢を見たのだ——。

「どうしたの？」

巳雨ちゃんの声にぼくは、

「あ、ああ。何でもないよ」と答える。「ちょっと、考え事をしていたんだ」

と答えて額の汗を手の甲で拭うと、

「さて……次は、鎌倉二代将軍・源頼家です」

一度大きく深呼吸してから、ぼくは口を開いた。

「頼朝の長男・頼家は、寿永《じゅえい》元年（一一八二）に鎌倉、比企能員《ひきよしかず》邸で生まれました。頼朝、三十六歳の年です。ちなみにこの時に、鶴岡八幡宮、若宮大路の段葛が安産祈願のために造成されたといわれています」

「あの立派な道ね。由比ヶ浜の手前から、鶴岡八幡宮へと続く」

「もちろん当時は、浜まで続いていたようです。但し、周りよりほんの少しだけ高くして、石を敷き詰めただけのようですがね。それが徐々に造成されて、両側に桜の木も植えられ、現在のような形になったらしいです」

なるほど、と頷く彩音さんを見てぼくは続けた。

「頼家は、比企邸で能員の妹たちを乳母《うば》として育ちました。頼朝夫妻はもちろん、周囲の人々にとっても待望の男子であったため、源氏の期待を一身に担って、頼家は育ちました。彼は実際に武芸にも秀《ひい》でていて、建久四年（一一九三）の富士の巻狩の際には、わずか十二歳にして見事に鹿を射止め、頼朝を非常に喜ばせたといいます。しかしこの時、母親の政子は一言も賞めませんでした」

「どうして？」彩音さんが尋ねてきた。「偉いじゃないの。現在の小学六年生くらいでしょう」

「でも政子は、武士の子ならば当たり前のことだって言い放ったんです」

ぼくは、資料を読み上げる。

「『吾妻鏡』建久四年五月二十二日の条です――。

『若君（のちの頼家）が鹿を射止められたことを、将軍家（頼朝）が、お喜びのあまり梶原景高を鎌倉に差し遣わされ、御台所《みだいどころ》（政子）御方にお祝いを申された。景高が走り参って、女房を通じて申し入れたところ、特に感心することもなく、御使はかえって面目《めんもく》を失った』

そこで政子は言う。

『(頼家は)武将の嫡嗣《ちゃくし》である。原野の鹿や鳥を獲たところで、特に希有《けう》なことではない。軽々しく使を出すのも、たいそう煩《わずら》いがあろう』——と。

素直に賞めてあげれば良かったのに、そうしなかった。厳しい母親ですよね」

ぼくが苦笑していると、

「もしかして……」と、彩音さんが尋ねてきた。「頼家って、政子に嫌われてたんじゃない?」

「いえ、決してそういうわけではないと思います」ぼくは、首を横に振る。「鎌倉将軍の子供なんだから、そんなことくらいで喜んでいてはいけない、とたしなめたんでしょう。あなたはもっと勉強ができるんだから、一教科で満点を取ったくらいではしゃいで調子に乗るな、と」

「でも、何となくだけど……嫌われてたような気がする」

「でも、さっきの了さんの話ではないですが、このすぐ後で、政子は頼家の将来を考えて、範頼の失脚を画策した可能性がありますからね。だからここは単純に、溺愛していた自分の息子の気を、引き締めさせようとしたんだと思いますよ」

「そうかな……」彩音さんは首を捻った。「まあいいわ。先に進んで」

何か引っかかったらしい彩音さんの横顔を眺めて、「はい」とぼくは頷いた。

「その六年後の建久十年（一一九九）に頼朝が急死すると、頼家はわずか十八歳で家《か》督《とく》を継ぎました。すると、政子の父・時政は、御家人たち十三人による合議制を敷いて、頼家一人の判断では鎌倉幕府を動かせないようにしてしまいます。このことに関して、北条氏寄りの『吾妻鏡』などでは、頼家が暗愚《あんぐ》であり横暴だったためだ、というように匂わせていますが、実際はどうだったのか、これも分かりません」

「単純に、時政たちが実権を握ろうとしただけかも知れないわね。将軍である頼朝がいなくなった今、自分たちが幕府を動かすんだと」

「本質的にはそういうことでしょうね。おそらく頼家自身も、そういう危機感を抱いたんでしょう。だからこそ、彼は自分に近い比企一族を重用した」

「そうよね」彩音さんは肯定する。「普通に考えたら、誰でもそうする」

「しかし、そんな行為も時政は気に入らなかったようでした。そして、そんな政治のパワーゲームの中、頼朝の代から側近であった梶原景時も、一族もろともに謀殺されたり、頼朝の異母弟の阿《あ》野全成《のぜんじょう》も殺害されたりと、実に不穏な情勢が続きます」

ぼくは、先ほど示した鎌倉殺戮史を、簡単に振り返る。そして了さんの、

「うーん。確かに凄まじいね……」

　と唸る声を聞きながら、さらに続けた。

「そんな中、頼家は突然、正体不明の病に罹《かか》ってしまい、あっという間に危篤に陥ってしまいました」

「突如、危篤になるって――」

　彩音さんが助手席から振り向いた。

「もしかしてそれは……何者かに毒を飲まされたっていうこと？」

「分かりませんし、もしもそうだったとしても、そんな史料が残されているはずもありません」

「それはそうね」

「でも、ごく普通に考えれば、その確率は非常に高いと思います。頼家がまだ存命だというのに、命を落としたという報告が、京の都まで届いたといいますから」

「手回し良く、ね」

「しかも、ほぼ時を同じくして、比企一族――頼家の乳母父の家は、時政たちによって滅亡させられてしまいます。これは明らかに、頼家の子供の一幡《いちまん》を次期将軍にと考えていた比企一族と、頼家の弟・千幡《せんまん》――のちの実朝《さねとも》ですが――を推していた時政たちとの争いの結果でした」

「充分に謀略だった可能性は高いわね。しかも、すごく分かりやすい図式――。

子の一幡を推す、頼家と比企一族。

弟の千幡を推す、時政と北条一族。

それに、何よりタイミングが良すぎる」

そうですね、とぼくは答えて資料に目を落とした。

「しかしこの時、何とか病状が回復した頼家は、比企一族滅亡――一説では、この時に息子の一幡も殺されたといいます――の報告を聞いて激怒し、時政誅殺を命じますが、時既に遅く、頼家の命令を聞く御家人は誰もいなくなっていた」

「まさに、謀略・謀殺渦巻く時代だったのね」彩音さんは大きく嘆息した。「気が遠くなりそう」

「心が寒くなりますよ。しかもこの少し前には、鶴岡八幡宮の巫女が、突然に神憑《かみがか》りして『頼家の子、一幡が将軍を継ぐことは決してないであろう』などと予言したというんですから、一体、どんな大きな規模で謀略が画策されていたのかってことです」

「鶴岡八幡宮まで巻き込んでいたのか、それとも鶴岡八幡宮が警告したのか……。どちらにしても、その人たちは時政の策謀を知っていたというわけね」

「ええ。その結果、頼家は怒り心頭に発して、自ら太刀を取って時政を殺害しに行こうとしたと『愚管抄《ぐかんしょう》』にあります。しかしそれを政子が必死に押し留めて、範頼同様、修善寺に送り込まれてしまいます」

でも……、と彩音さんは眉根を寄せる。

「それらが全て時政の謀略だったとすると、政子の立場が辛いところね。父親と息子との間に挟まってしまって。そこで押し留めなければ、そのまま息子と自分の父親との戦いに発展したでしょうし」

「そのあたりの政子の苦悩は、想像するしかないんですけど、確かに複雑だったろうと思います。つまり、了さんの言うように政子は、息子の頼家のために、範頼を殺害した可能性がある。しかし、父親の時政は、北条家のためとはいえ、自分の孫である頼家をも排除しようとしたということです。そして、結果的には暗殺に及んだ」

「まさに、骨肉の争いね。でも……」

彩音さんは首を捻った。

「時政はどうして素直に、自分の孫である頼家に幕府を託しておこうと考えなかったのかしら」

「だから一説では、頼家は暗愚で横暴な将軍だったといわれているんです」

「本当に、そうだったの？　あの頼朝と政子の子供でしょう」

「ええ……」

鋭い指摘に言いよどむぼくに、彩音さんはさらに尋ねてきた。

「その辺りの事情や確執《かくしつ》は『吾妻鏡』あたりに書かれていないの？」

はい、とぼくは資料に目を落とす。

「やはり北条家寄りの『吾妻鏡』は、頼家に対してかなり冷淡なんです。ええと……ここです。少し時間を戻して、頼家が病から回復した時の記述なんですが——。建仁三年（一二〇三）九月五日の条です。

『将軍家（頼家）の御病痾《びょうあ》少減し、なまじひにもつて寿算を保ちたまふ』

この部分は普通、頼家の病が少しだけ回復して辛うじて命を長らえられた——と訳されています。ところが、この『なまじひに』という言葉を正確に現代語訳すると、『無理に行うさま』『しなくてもよいのに、してしまうさま』

となるんです。『古語辞典』で調べると、『なまじっか』『すべきではない。しなくてもよい』というように載っています」

「なによそれ！」彩音さんは声を上げた。「そのまま命を落として回復などしなくても良かったのに、と書かれているの」

「そういうことでしょうね、素直に読めば」

「余りに酷い叙述だわ」

「でも、そういうことなんです。というのも、まだこの先に、もっと悲惨な話がありまして」

「この上、更に？」

「はい――。修善寺にやって来てからの頼家は、徐々に健康も回復し、近所に住む子供たちと一緒に、楽しく遊んで暮らしていたといいます」

ぼくは二人に向かって話を続けた。

「このエピソードだけを見ても、さっき彩音さんがおっしゃったように、鎌倉で毒を盛られていた可能性が凄く高いですね。もしかすると、日常的に盛られていた可能性も考えられます。しかし頼家は屈強な武将だったために、修善寺で体力を回復した」

「流されたおかげで、逆にストレスや身の危険から解放されたというわけね。もちろん、全て諦めて開き直ったということもあったでしょうけど」

「ところがここで、事件が起こります。風呂に何者かが漆《うるし》を入れたために、知らずに入った頼家は、全身かぶれて赤く腫れ上がってしまった」

「全身を！　命を落としてもおかしくはない」

「死ななくて運が良かった、というレベルです」

「頼家の近くに、誰か裏切り者か、あるいは反対勢力のスパイがいたのね」

「まあ、頼家は常に時政たちの監視下に置かれていたわけですから、命令一つ出れば、誰がやったにしろ簡単なことだったと思います。寺に幽閉されていたという説もありますから、やろうと思えば何でもできたでしょう。とにかくそんなことがあって、頼家は顔まで醜く腫れ上がった。そこで、敢えてその顔を写し取って、木製の面を彫らせたという伝承が残っています」

「お面を？」

「ええ。そのお面は、現在も修禅寺の宝物殿に安置されています。これが、その写真です」

ぼくがその古面の写真を手渡すと、

「何これ！」

彩音さんは、助手席で叫んだ。

そのお面は、いわゆる般若《はんにゃ》の面のように鬼哭啾々《きこくしゅうしゅう》たる物でもなく、もちろん能面の若女《わかおんな》のような端正な作りでもなく、黒々とポッカリ開いた目の穴が二つ、大きな鼻の穴が二つ開いているだけの木を粗く削った無骨な造りで、彩色も施されていない。それ以外の部分は、ごつごつと盛り上がり、歯を固く食いしばったその表情は、どこか異国の鬼の面を思い出させる。

そして何よりもおどろおどろしいことに、その面は額から顎にかけて一直線に亀裂《きれつ》が入って、真っ二つに割れているのだ。

巳雨ちゃんからも、見せてとせがまれるかと思ったが、幸いなことに彼女は座席にもたれかかって、スヤスヤと寝息を立てていた。とても夜中に、小さな女の子に見せられるような楽しい写真ではなかったので、内心、ホッとしていると、

「ぼくも修禅寺に行った時に、見たことがあるよ」

了さんがハンドルを切りながら言った。

「頼家の怨念が、ひしひしと伝わってくるような印象を受けたな」

「本当にこれが、頼家の顔を写し取った物かどうかは分かりません。しかし、この面

を見て、岡本綺堂《おかもときどう》は『修禅寺物語』を書きました」

ぼくは本を開いた。

「その序文に、こうあります。

『伊豆の修禅寺に頼家の面《おもて》といふあり。作人も知れず、由来もしれず、木彫の仮面《めん》にて、年を経たるまま面目分明ならねど、所謂《いわゆる》古色蒼然たるもの、観来つて一種の詩趣をおぼゆ。当時を追懐してこの稿成る』

ちなみに、この物語の概要ですが――」

と、簡単に説明しようとした時、

〝あっ〟

さっき意識が飛んだ時に見た夢を思い出した。

あれは、まさにその場面だったのだ！

ぼくは、まるで時空を超えてその場に居合わせたかのように、はっきり見た。そこで、高鳴る胸を抑えながら、ぼくは続けた――。

修禅寺に幽閉された頼家は、自分の顔を形見として残そうと、当時、修善寺村で面作《おもてつくり》の名人と呼ばれていた夜叉王《やしやおう》に、面作りを命じた。

しかし、半年を過ぎても面が出来上がってこない。

ついに業《ごう》を煮やした頼家は、夜叉王の仕事場へ出かけ、遅れている理由を述べよ、と叱《しか》りつける。夜叉王は、さまざまな理由を告げて、面がまだ出来上がっていないと釈明するが、娘のかつらが「御覧くださりませ」と言って、頼家の面を持って来てしまう。実は、昨夜のうちに出来上がっていたのだ。

その面を目にして「あっぱれ」と誉める頼家に向かって、しかし夜叉王は、

「それは夜叉王が一生の不出来」

と言う。

その理由を尋ねる頼家に向かって、夜叉王は意外なことを口にした。それは、

「面は死んでおりまする」

という言葉だった。つまり頼家の面は、何度作っても死相が浮かび上がってしまうというのだ。それゆえに、ずっとお渡しできなかったのだ、と——。

「ここから物語は、まだ続いて行くのですが」ぼくは二人に言った。「まさに、そんなモチーフにぴったりの面だと思います」

そうだね、と了さんは言った。

「そんな物語《ストーリー》を彷彿《ほうふつ》させる面《おもて》だね。それくらい、魂を揺さぶられる……。それで、頼家はこの面を、政子に見せようとしたという話もあるんだね」

「自分の酷い境遇を訴えようとしたともいわれています。あるいは、母親である政子に助けを求めたのかも知れません。この状況をご覧になってください、とか」

「そういうことかも知れないね」

ええ、とぼくは続ける。

「そんな中、ついに頼家は殺害されてしまいます。しかも、そのやり口も凄惨でした。頼家が修禅寺前の筥湯《はこゆ》に入っている所を、北条氏の武士たちが襲撃したんです。それでもやはり頼家は屈強な武将だったようで、激しく抵抗しました。しかし暗殺団は、彼の首に紐を巻きつけると、彼の急所――局部を握りつぶし、あるいは切り取って、最後は刺し殺したといいます。頼家、享年二十三でした」

「……確かに凄惨ね」

「ところが、こんなに大事だったにもかかわらず『吾妻鏡』では、

『昨日、十八日。左金吾《さきんご》禅閤《ぜんこう》（頼家）、年廿三。当国修禅寺において薨《こう》じたまふの由、これを申すと云々』

としか記されていないんです。しかも、その後も彼の子供たちは殺害、あるいは病死して、頼家の血筋は完全に断絶してしまいました」

「それじゃ、誰だって怨霊になるわよ」

「そう思います、本心から」

「その時の政子の心境は、どうだったのかしら」彩音さんは呟くように言う。「義弟を殺害してまで守ろうとした自分の息子と実の父親とが争い、その結果、息子は殺害されてしまった。政子は、素直に時政の言うことを聞いたのかな……」

確かに彩音さんの言う通りだ。

しかし、そのあたりの話も、『吾妻鏡』などの史料には記載されていない。

だが結果的に政子は、時政の意向を受け入れたのだ。やはり彼女は『源氏』ではなく、最後まで『北条政子』だったということなのだろうか。

ぼくも巳雨ちゃんの隣で、大きくシートにもたれかかると腕を組んで目を閉じた。

＊

磯笛《いそぶえ》は、女狐《めぎつね》がくわえてきた頼家の面《おもて》を手に取ると、月光の下で食い入るように見つめた。

素晴らしい。

大きな怨念が、そして憎しみの塊が、面から溢れ出している。

この面は、悲惨に膨れあがってしまった頼家の顔なのだという伝承も、決して間違いではない。そう確信させられるほど、それは、おどろおどろしい面だった。

「良くやったね、白夜《びゃくや》」

磯笛は、自分の足下に息づく女狐に向かって、ニッコリと笑いかけた。

あの時——。

地震のどさくさに監視カメラを壊し、ケースを倒してガラスを割り、この頼家の面を拾い上げた。

そして白夜を出口から逃がすと、磯笛は念のために物陰に隠れて様子を見守っていた。寺務員が点検にやって来て、白夜も無事に逃走したのを確認すると、磯笛は悠々と修禅寺の宝物殿を後にした。

　そして今、無事に白夜と落ち合い、頼家の面を受け取ったのだ。

　白夜は、その名前の通り白く細い顔を擦《す》り寄せてきた。本当に可愛い子だ。

　磯笛は片手で面を、もう一方の手で白夜の艶やかな体を何度も撫でた。すると白夜は、磯笛に体を預けたまま、気持ちよさそうに目を閉じた。

　磯笛には、家族も友だちもいない。

　小さい頃から狐たちだけが、心を許せる友なのだ。特にこの白夜は、幼い頃からずっと磯笛の側で暮らしている。

　まだこの子が小さかった頃、犬に追われて傷ついて血だらけになり、動けなくなっていたのを助け、そのまま家に連れ帰って手当をした。一時はダメかとも思ったが、磯笛の必死の看護で、何とか一命を取り留めたのだ。

　それ以来、何頭もいる狐たちの中でも、白夜が一番、磯笛に対して従順になった。恩返しのつもりなのだろうか、言うことを何でも聞く。磯笛の言葉や考えを、完全に理解しているのではないかと思えるくらいだ。

　もしも、この子が人間だったなら、とても仲の良い姉妹か無二の親友に、なっていただろう。

よしよし、と言いながら磯笛は白夜の首を抱く。

それにしても——。

改めて、頼家の面に視線を落とした。

この素敵な怨霊面を、修禅寺の宝物殿に仕舞っておくのはもったいない。もっと大勢の人たちの目に触れさせたいではないか。

それこそ、日本中の人々に。

そのためには、まず頼家に返すのだ。自らの大いなる憎悪を、彼に思い出してもらう。政子と北条氏、そして源氏一族に対する、深い怨念を。

磯笛は、美しく微笑んだ。

さて、次の目標は鶴岡八幡宮二の鳥居。それを倒壊させる。

そして最終的には、三の鳥居を破壊する。それが自分の使命。

しかし——。

磯笛は、ふと思う。

鶴岡八幡宮・三の鳥居まで壊してしまうと、鎌倉の守護神である頼朝が解放されることになる。そうすると、範頼・頼家の怨霊は、彼によって消滅させられてしまわないだろうか。

二人の怨念がいくら強いといっても、さすがに頼朝にはかなわないのではないか。鬼や夜叉が、安倍晴明《あべのせいめい》や空海《くうかい》らによって退治されてしまったように。二人の怨霊を苦心して目覚めさせた意味がなくなってしまわないか。

それとも、まさかあの八幡宮の中には、彼らを合わせたよりも強い怨霊が眠っているというのか。そんな大怨霊が存在するのか。

いや――。

高村《たかむら》皇《すめろぎ》のことだ。

きっと、何か考えておられるはず。

自分如き者が、つまらぬ考えを起こすのもおこがましい。ただ自分は、あの方に言われたことを、きちんと実行に移せば良いだけだ。

それこそが自分の使命であり、宿命。

磯笛は、瞳の中に暗い笑みを浮かべながら、片手で白夜の艶やかな体を撫でつつ、じっと頼家の面を眺めた。

4

東京に戻った朝。

その日から了さんは「リグ・ヴェーダ」を閉めた。お店のシャッターには、

「都合により、一週間ほど閉店します」

とだけ書かれた紙が貼られた。摩季ちゃんが心肺停止状態のままなので、何かあった時に、いつでも鎌倉に駆けつけられるようにする必要があるし、またこういう状況で無理にお店を開いていても、気もそぞろになってしまうから、いっそのこと店を閉めておいた方が良いと、了さんは言った。

「それに、読んでおかなくちゃならない専門書も、たくさんあるから」

了さんは、普段お店では見せたことのない厳しい顔つきになった。

「しばらくの間、摩季の様子を見に行きながら勉強することにするよ。巳雨、悪いな」と巳雨ちゃんに謝った。「学校も休ませてしまう上に、当分の間、相手もしてやれなくなった」

「ううん」巳雨ちゃんは、丸い目をさらにまん丸く見開いて、何度も頷いた。「巳雨

も頑張る。陽ちゃんも、ずっといてくれるんでしょう」

　もちろん、ぼくも了さんたちに付き合う。こんなぼくだけど、少しでも役に立てるなら何でもやるつもりだった。とにかく、摩季ちゃんを何とかしなくては。このまま命が消えてしまうのを、黙って見ているわけにはいかない。

「大丈夫。一緒にいるよ」

　とぼくは、巳雨ちゃんの短いお下げ髪を撫でた。すると、

「ねえ、陽一くん」

　彩音さんが言った。

「ちょっと、一緒に出かけましょう」

「こんな時に出かけるって……どこへですか？」

「修善寺」

　あっ、とぼくは息を吞んだ。

「範頼《のりより》と頼家《よりいえ》ですね！」

「そう。あと、修禅寺にある、例の頼家のお面も見ておきたい」

　あの木製の面だ。

　悲しい怨霊の顔の――。

「行きましょう」ぼくは大きく頷いた。「何か分かるかも知れない。ただ、このタイミングで、ちょっと危なくないですか」

「ここで、何かが起きるのを待っていても仕方ない。だから、巳雨も連れて行く」

「巳雨ちゃんも？」

「この家に残しておいても、兄さんがあの状況だし、私たちと一緒に行動した方が良いと思う。それに頼家のお面を、この子に直接見せれば、何かを感じ取れるかも知れないし」

「いつ出発しますか」

「今すぐ。早いに越したことはない」

「分かりました」

修善寺ならば、ここから電車を使って片道二時間ほどで行かれる。ぐるりと見て回っても、夕方には戻れるだろう。そう思ってぼくが立ち上がった時、インターフォンが鳴って、グリが「ニャンゴ！」と唸った。

こんな時に誰？　と言いながら、彩音さんが応対すると、

「華岡といいます」

四角くいかつい顔で体格の良い中年男性だった。胸元が大きく開いた、真っ白い開《かい》

襟《きん》シャツを着ていて、暑そうに汗を拭っていた。

「どんなご用件でしょうか……」

尋ねる彩音さんに、男性は答える。

「警視庁の者です」

「警視庁……」

彩音さんは、ハッと思い当たったように、ぼくらの顔を振り返った。

その男性は言う。

「こちらは、辻曲了さんのお宅でしょうか」

一応尋ねているようだが、最初から確信を得ている口ぶりだった。

「はい、そうです」

彩音さんは冷静に答えると、人差し指を自分の唇の前に立てて了さんを見る。

「ただ……。あいにくと今、兄は外出しておりまして——」

「あなたは、妹さんですか。そうでしたら、ぜひお話を伺いたいのですが。いえ、あくまでも仕事ではなく、個人的になのですが」

「……分かりました。少しお待ちください」

と答えて彩音さんは、インターフォンを切った。そして、

「陽一くんと巳雨は、ここにいて。私一人で対応するから」

そう言い残して彩音さんは部屋を出ると、玄関に向かった。

ガチャリと扉を開ける音がして、二人の話し声だけが聞こえてくる。

「辻曲彩音ですが……」

という彩音さんの声に続いて、

「以前にお目にかかりましたでしょうか」

男性の声が聞こえてきた。

「警視庁捜査一課警部補の、華岡です」

「捜査一課の……」彩音さんは、絶句する。「ということは——」

「いえいえ。確かに我々の部署は、殺人、強盗などの強行犯の事件を扱っていますが、先ほども申しましたように、今日は仕事ではありませんので」

「では、なぜ？」

「鎌倉で事故に遭われた、辻曲摩季さんは、こちらのお宅のお嬢さんではないかと思いまして」

「……その通りですけれど」

「やはり、そうでしたか。いや、昨夜のテレビのニュースでお名前が流れましたので、もしかして、と思って伺いました」

「確かに、摩季は私たちの妹です。良くご存知ですね……」

「昔に一度だけ、あなた方のお兄さんにお目にかかったことがありましてね。いや、こちらも殺人事件云々というわけではなかったんですが。それで、ふと思い立って、伺ったんです。お兄さん――了さんはご不在ですか」

「はい。朝から出かけております」

「そうですか。それは残念でした……。少しお話を伺ってもよろしいでしょうかね」

「今ですか？」

「ええ。お時間があれば」

すみませんけれど、と彩音さんが申し訳なさそうに言った。

「私も妹のことで色々とあって、今から出かけなくてはならないので、その準備をしていたところなんです。日を改めていただけますでしょうか」

「ああ、そうでしたか。いや、こちらこそ、お忙しい時に連絡も取らずに突然お伺いしてしまって、申し訳ありませんでした」

刑事は頭を下げたようだった。

「お兄さまにも、よろしくお伝えください。そして、妹さんの一日も早いご回復をお祈りしています。それでは失礼」

「ご丁寧に、ありがとうございました」

彩音さんは言って、扉を閉めた。


「どうしたんだ、急に」

部屋に戻った彩音さんに、了さんは尋ねた。

「捜査一課の刑事が、わざわざ訪ねて来るなんて……」

「摩季の件で、何か引っかかったのね」彩音さんが爪を噛んだ。「もしくは、死亡した男性教師か」

「それでも、すぐに帰ってくれて助かった」

「いいえ。あいつは、また来るわ」

「えっ」

「私が、兄さんは家にいないと言った時、玄関に脱ぎ捨ててあった靴に目をやっていた。今頃きっと、疑ってる」

「ああ……。片づけておけば良かったですね」

ぼくが悔やんでいると、

「もう仕方ないわ」彩音さんは肩を竦めた。「それより、万が一の時には、無理矢理にでも司法解剖に回されるかも知れない」

「摩季姉ちゃん死んじゃうの！」

巳雨ちゃんが大声で叫んだ。

「大丈夫」と彩音さんが優しく見つめる。「死なせないから、絶対に」

「本当？」

「うん」

でも！　とぼくは声を上げてしまった。

「神奈川県警としては事件性がないという結論だったじゃないですか。そうしたら、司法解剖なんて——」

「今の刑事が無理矢理にでも要請すれば、その可能性はある。ただ——」

彩音さんは笑った。

「警視庁と神奈川県警の仲が、余り良くないということが救いね。話をしてすぐに、というわけにはいかないでしょう。でも、安心はしていられない。私たちも急ぎましょう。兄さんは留守をお願い。何かあったらすぐに携帯に連絡を入れてね」

「分かったよ。ぼくも、摩季に万が一のことがない限りこの家から出ないから」

「よろしく。巳雨、陽一くん、行きましょう」

「はい」

ぼくも大きく頷いて、巳雨ちゃんを見た。すると巳雨ちゃんと——そしてグリも、うんうんと頷いていた。

＊

華岡は辻曲家を辞すると、眩しい陽射しに目を細めながら、来た道をゆっくりと歩いた。

やはり、何かがある。

どこか、引っかかる。

この感覚は、七年前と同じだ。

何がどうという、具体的なモノがあるわけではない。しかし……何となく、気持ちの据《す》わりが悪い。あの彩音という女性は、間違いなく何かを隠している。第一、了は家にいたはずだ。男物の靴とサンダルが、玄関に脱ぎ捨ててあったのだから。それと一緒に、小さな女の子の靴もあった。おそらく、彩音の妹も家にいるのだろう。

だが……今のところは、まだ良い。

また、今回の件に関しては事件性が認められない以上、あくまでも神奈川県警の領域の案件で、警視庁所属である華岡は動けない。

しかし――。

なぜ、この状況で華岡に対して嘘を吐《つ》く必要があるのか。やはり、どう考えてみても怪しい。

だから摩季がこのまま死亡したら、司法解剖に回すように頼むつもりだ。といっても、摩季の遺体を解剖することによって、何らかの事件性を見つけ出そうというわけではない。目的は、摩季の遺体をすぐにそのまま返さないと辻曲了たちに宣言すること。そして、それを耳にした彼らが、どう反応するか。それを確かめたい。

それこそが華岡の関心事だった。

ひょっとすると、七年前の事件との繋がりも出て来るかも知れない。そうすれば、合同捜査本部を開くことができるし、場合によっては警視庁捜査一課が主導で捜査に当たることができる。

華岡はそう決心すると、額の汗を拭いながら駅までの道を歩いた。

＊

ぼくらは、品川駅から新幹線に乗って三島《みしま》駅で降りた。

ここから、伊豆箱根鉄道駿豆《すんず》線に乗り換えれば、終点の修善寺まで、四十分足らずで到着する。修善寺をゆっくり一回りしても、充分に日帰りできる距離だ。

三島駅のホームには、二両編成の電車が停まっていた。運良くぼくらが乗り込むと同時に、電車は走り出した。横並びの座席に三人で腰を下ろし、ガタゴトと揺られながら、

「そういえば」とぼくは彩音さんたちに言った。「修善寺まで行く途中で、韮山《にらやま》を通りますね。頼朝が流されて暮らしていた、蛭《ひる》ヶ島《しま》——蛭ヶ小島のある場所です」

「昔は『島』のように土地が点在していたという場所ね」

「ええ。もうすぐ見えてきますけど、近くを狩野《かの》川が大きく蛇行していますから、確かにあの辺りは、かなりの泥湿地帯だったんでしょうね。また、その近くには『願成《がんじょう》就院《じゅいん》』というお寺もあります」

「願成就院？」

「文治《ぶんじ》五年（一一八九）の、頼朝の奥州遠征にあたって、北条時政が戦勝を祈願して建立したお寺です。時政・義時《よしとき》・泰時《やすとき》と、三代にわたって堂塔伽藍《どうとうがらん》が造られたといいますから、まさに北条氏の菩提寺ですね。ちなみに、境内《けいだい》には時政の墓があります」

そんな話をじっと聞いていた彩音さんが、

「ちょっと、途中下車してみない」

と突然言い出した。

「韮山で降りて、その二ヵ所もまわりたいわ」

「ええ」ぼくは答える。「もちろん構いませんよ。韮山まで行ってしまえば、修善寺まではそこからこの電車でたった五駅ですし、電車も十五分に一本くらいありますから。でも、どうしてですか」

「その場所で、頼朝と政子が出会って、鎌倉時代の全てが始まったわけでしょう。もちろん地形は変わっているでしょうけど、実際にその地に立ってみたいの」

「分かりました。じゃあ、そうしましょう」

ぼくは頷いた。確かにその地に実際に出かけ、土地の空気を吸ってみることは大切だ。ひょっとしたら、誰かが何かを語りかけてくれるかも知れない。

やがて電車は二十分ほどで韮山に到着し、ぼくらは途中下車した。

この駅前から、願成就院も蛭ヶ島も、どちらも徒歩で十五分くらいなのだが、二つの場所は線路を挟んで、東西ちょうど反対側になる。時間も惜しいため、ぼくらはタクシーに乗った。

現在は「韮山」というと「反射炉」が有名だ。

これは、「幕末のダ・ヴィンチ」と呼ばれた江川坦庵《えがわたんあん》の造った物で、構造的には現代の溶鉱炉にも劣らないという。当時、坦庵の門下生には、桂小五郎《かつらこごろう》、佐久間象山《さくましょうざん》らがいた。ちなみに、その佐久間象山の門下生に、吉田松陰《よしだしょういん》、勝海舟《かつかいしゅう》がいたのだから、坦庵が、とてつもない偉人だったことが想像できる。

タクシーの運転手さんからも、やはり反射炉見物を勧められたが、今回ぼくらの目的はそちらではないので、そのお勧めは丁重にお断りして、そのまま蛭ヶ島に向かってもらう。

蛭ヶ島に到着すると、広々とした場所に頼朝・政子の像が建っていて、辺りは公園になっていた。そして、立て看板には「古河《ふるかわ》・和田島《わだじま》・土手和田《どてわだ》」などの地名が現存するところから、往時は大小の中州が点在し、そのうちの一つが「蛭ヶ島」だったのだろう、とあった。そして頼朝は、この地に流されて来た永暦《えいりゃく》元年（一一六〇）から、政子と結ばれた治承《じしょう》元年（一一七七）までの約十七年間を、この蛭ヶ島で過ごしたものといえよう——と書かれていた。

夏の風に髪をなびかせながら目を細めている彩音さんに、ぼくは尋ねた。

「どうですか？」

そうね、と答えて、彩音さんは頼朝たちの銅像を見上げる。

「八百年以上も前に頼朝が実際にこの地に立っていたと思うと、すごく感慨深いものがあるわね。やっぱり、写真で見ている時とは違う感覚がある。修善寺に行く前に、こちらに来ておいて良かったかも知れない」

はい、とぼくも頷く。

「さっき彩音さんがおっしゃったように、鎌倉——いえ、そこから続く日本の歴史が、この地から始まったわけですからね。でも、当時は本人たちも含めて誰一人として、たった一人の流人の子供が、やがて一つの大きな時代を作り上げることになるなんて考えもしなかったでしょう」

「この地での二人の出会いがきっかけとなって、日本国に君臨していた平家が滅び、歴史がガラリと変容してしまったというわけね」

「その通りですね。歴史に『もしも』はないと言われますけど、もしも頼朝と政子の出会いがなかったら、日本の国はどうなっていたんでしょう」

「じゃあ」と巳雨ちゃんがぼくを見上げた。「こうやって、巳雨と陽ちゃんが会っていることがきっかけで、歴史が変わってしまうこともあるの？」

「そうなるかも知れないね」

ぼくは巳雨ちゃんを見た。

「長い歴史の中で、数限りない人間が生まれてる。その中で、誰かと誰かが出会うこと自体が奇跡だよ。だから、巳雨ちゃんたちとぼくがここにこうしていることは、それだけで奇跡。だから、日本の歴史も変わるかもね」

ぼくは笑ったが、彩音さんは目を細め、巳雨ちゃんもお下げを風になびかせながら、じっと銅像を見上げていた。周りを見渡せば、一面にのどかな田園風景が広がって、彼方《かなた》を伊豆箱根鉄道の二両編成の電車が、走って行く。摩季ちゃんの件がなかったら、ただのんびりと田舎を散策しているような気分だったろう。

「さて。次に行きましょう」

と彩音さんが言って、ぼくらは願成就院へと向かった。

こちらは線路を渡って西側になる。運転手さんによれば、地理的に韮山と次の伊豆《いず》長岡《ながおか》の駅のほぼ中間に位置しているので、

「修善寺に行かれるなら、そのまま伊豆長岡に行った方が良いでしょ」

ということだったので、ぼくらは、その勧めに従った。

願成就院は、寺伝によれば聖武《しょうむ》天皇の時代に創建されたとなっている。しかし先ほど言ったように、文治五年（一一八九）建立というのが定説だ。

山門を入ると大きな池があり、その中島に架かる橋を渡って参詣《さんけい》する様式が、奥州藤原氏の毛越寺《もうつうじ》と同様になっていることからも、その時代の建立ではないかという説を裏づけている。寺は何度も戦火に見舞われているので、当時の規模は想像するしかないのだが、鎌倉の円覚寺《えんがく》、建長寺《けんちょう》とはいかないまでも、かなり大きく立派だったようだ。

境内の一画にある小振りの五重塔の周囲には、無数の石碑――供養塔が、所狭しと並んでいる。また、本堂には運慶《うんけい》作の仏像が五体、安置されているという。

「なるほどね」

彩音さんは、感心したように境内を歩き、時政の墓にお参りした。

「つまり、この辺りから始まって、伊豆半島の大部分は北条氏の本拠地だったというわけね」

「そのようですね」ぼくは答える。

「この寺院も『源頼朝公祈願』の寺となっていますけれど、実質はもちろん北条氏です。その証拠に、寺紋は北条の『三つ鱗《うろこ》』ですしね。あと、この寺院の後方の守山《もりやま》に、時政の館跡らしき史跡があります。頼朝が挙兵し、また政子と共に暮らしていた館の跡です。だから守山にある八幡宮には、頼朝挙兵の石碑も建てられているようですよ」

「このお寺は、二代執権・義時と、三代執権・泰時が、時政の供養のために堂塔伽藍を増建したと書いてあるわね。でも——」彩音さんは首を捻った。「私余り詳しいことは知らないんだけど、確か時政は晩年に、政子と義時によって鎌倉を追放されたんじゃなかったっけ」

「そうです。実朝暗殺計画を企てたという疑惑によって、実の息子と娘たちに追い落とされました。そして、この地に隠棲しました」

ぼくは首肯した。

「でもまあ、政子たちも結局は親子ですから、何だかんだと確執があったと言っても、やっぱり愛情があったんだと思いますよ。その辺りの話も、できれば後でしましょう」

「親子ね……」彩音さんが目を細めた。「そこにも、一つの鍵があるかも知れない」

「と言いますと？」

「今はまだ、分からない。ただ、何となく」

そうですか、とぼくは軽く頷いた。

「さて次は、いよいよ修善寺に行きましょう」

ぼくらは当初の予定通り、伊豆長岡までタクシーに乗り、再び伊豆箱根鉄道に乗り込む。終点の修善寺駅で降りて、駅前からバスで十分ほど揺られると、修善寺温泉に到着する。そこから歩いて範頼の墓、頼家の墓、そして最後に修禅寺の宝物殿に寄って、例の頼家のお面を見ることにした。

狩野川に架かる赤い橋梁が、修善寺橋だ。その橋を渡り終えてすぐ左にも、小さな橋がある。それは湯川《ゆかわ》橋で、川端康成《かわばたやすなり》がその近くで踊り子たちと出会った、と『伊豆の踊子』に書いている場所だ。

ところが、バスが修善寺橋を渡り終えた時、巳雨ちゃんが突然、

「恐い……」

と言って、彩音さんに抱きついた。

小さな赤い唇を固く結んで、眉をギュッと寄せている。

えっ、と彩音さんが聞き返す。

「何が恐いの？」

「分からないけど……、巳雨、恐い」

驚いたぼくが周りを見回すと、道の向こう側に小さく古そうな鳥居が見えた。

〝あれか……〟

ぼくはすぐに、ガイドブックを開く。するとそれは「横瀬《よこせ》八幡宮」という神社の鳥居のようだった。

「昔の修善寺の、氏神様《うじがみ》だったようですね」

ぼくは、神社についての解説を読む。

「古そうな神社だけど氏神様だから、特に怨霊は関係なさそうだよ、巳雨ちゃん。恐くないよ」

「本当？」

眉根を寄せて小声で尋ねてくる巳雨ちゃんと、じっと鳥居を見つめる彩音さんに向かって、ぼくは説明した。

「相殿として、頼家も祀られていました。あと、北条政子の病《やまい》も癒やしたとあります。そのため、地元の人々の信仰が篤いようです」

「政子の何の病？」

　さあ……とぼくは首を捻る。

「このガイドブックには、そこまで詳しくは書かれていません。帰りに寄ってみましょうか。何かあるかも知れません。一般の観光客は、殆ど訪れない小さな神社のようですけど」

　そうね、と彩音さんも言う。

「巳雨、帰りに寄ってみるけど、大丈夫ね。私も陽一くんも一緒にいるから」

「うん……」

　巳雨ちゃんが黙ってコクリと頷いた時、ぼくらは修善寺温泉に到着した。ぼくらはバスを降りると、桂川沿いの道を観光客に混ざって歩く。土産物店や旅館の建ち並ぶ、古い町並みに沿った細い道だ。

　すると、修禅寺の少し手前に来た頃、今度は彩音さんが、

「……ここは？」

　と尋ねてきた。

　大きな石の鳥居に太い注連縄《しめなわ》が架かり、額束《がくづか》には「日枝神社」とあった。

「まさにここです」とぼくは答える。

「範頼が幽閉され、そして自害に追い込まれた『信功《しんこう》院』のあった場所です。今はもう、庚申《こうしん》塔が建っているだけのようですが、帰りに時間を見てお参りしましょう」

彩音さんは、何かを感じ取ったのだろうか。

しかしこうして考えると、霊感が強いというのも、良いことなのか悪いことなのか分からなくなる。こうやって、いちいち呼ばれたり引っかかってしまったりするのだから。

つまりこれは、絶対音感を持っている人が、街の雑踏や人の話し声や、床にスプーンを落とした音にまで「音高」を聞き取ってしまうという理屈と一緒だ。それはそれで、煩《わずら》わしいに違いない。

だからそういった人たちは、普段なるべく「音高」を意識しないように生活しているらしい。そしてやはり、彩音さんも巳雨ちゃんも、通常はできる限り感覚を閉ざして暮らしているという。そうしないと、精神的にまいってしまうからだ。

しかし今回に限っては、むしろ普段とは逆に、神経を研ぎ澄ませているのだから、こうしてすぐに「引っかかって」しまうのだ――。

やがてすぐ、右手に修禅寺が見えてきた。寺の前に架かっている虎渓《こけい》橋の赤い欄干《らんかん》のたもとには、

「源範頼の墓　５００ｍ」

「指月殿・頼家墓　１５０ｍ」

という立て札が立っていた。

それを横目で眺めながら、ぼくらは修禅寺を素通りして、範頼の墓に向かった。

しばらく川沿いの道を歩いて行くと、段々と風景が淋しくなってゆく。昔からの旅館やお店は点在しているものの、本当にこの先に、あの範頼の墓があるのだろうか。周りを見回しても、地元の人たちとたまにすれ違うだけで、とてもそんな史跡のあるような場所には思えない。鄙びたのどかな家並みが続くだけ……と不安になった頃、

「源範頼の墓」

という、色褪《いろあ》せた案内板が見えた。

ホッとしてぼくらは、その矢印の通りに道を入る。しかしその先は、延々と急な登りの石段が続き、やがて民家の裏庭のような道になった。

「本当に、ここで良いの？」

息を切らせながら彩音さんが尋ねてきたが、

「多分——」

としか答えようがない。

ぼくらは、坂道やあぜ道のような通路をしばらく歩いた。どこかで道を間違えたのかと思い始めた時、ついに「源範頼の墓」という、由緒《ゆいしょ》が書かれた立て看板が目に入った。そして左手を見れば、範頼の墓らしき場所に続く数段の石段があった。

そして、その立て看板には、こう書かれていた。

「源範頼の墓

範頼は鎌倉初期の武将。源義朝の第六子で蒲冠者と呼ばれた。治承4年（1180年）に兄頼朝と義仲が対立した時、弟義経と共に義仲を倒し、次いで一ノ谷の合戦で平家を破り、功によって三河守に任じられた。その後頼朝と義経の仲が険悪化し、頼朝が範頼に義経討伐を命じたが断ったため、頼朝から疑われるようになった。

建久4年（1193年）の曾我兄弟仇討ちの際、頼朝討死の誤報が伝えられ、悲しむ政子を「範頼あるかぎりご安心を」と慰めたため、幕府横領の疑いを招いた。範頼は百方陳弁に努めたが、ついに修禅寺に幽閉され、さらに梶原景時に攻められ、日枝神社下の信功院で自害したと伝えられている。

伊豆市」

細かい部分はともかくとして、実に簡潔にまとまっている説明で驚いた。つまり、範頼は一種の冤罪によって殺害——自害に追い込まれたと、ここにはっきりと書かれている。範頼の生涯に同情的な、優しい文章だ。

ぼくらは、石段を登る。

その先に、範頼の五輪の石塔が見えた。雨避けの小さな屋根に覆われて、ひっそりと立っていた。一番下の「地輪」が妙に新しく、真っ白く造り直されているのが、むしろ悲しかった。そして、今でこそ屋根に覆われているが、正岡子規がお参りした際には自分の笠を掲げて、

鶺鴒《せきれい》よこの笠叩くことなかれ

と詠んでいるというのだから、おそらくその当時は、雨に濡れてしまうような環境

に置かれていたのだろう。いや、それどころか、岡本綺堂などの話によれば、もっと昔のこの墓は、片手でも押し倒せそうなほどだったというから驚く。

たとえばこれが、敵側だった平家に同情的な地に建てられているというのなら、まだ納得できる。しかしここは北条の地――源氏の味方だった土地ではないか。それなのに、この待遇はどういうわけだ。それほど、頼朝に憎まれてしまったということなのだろうか。

しかしこれが、義経らを率いて平家を打ち滅ぼした一軍の大将の墓かと思うと、しばし呆然としてしまう。それほど小さく、ひっそりと範頼は眠っている。

ぼくらは丁寧にお参りして、範頼の墓を辞した。

再び田舎のあぜ道のような参道――と呼べるのかどうか――を通って、桂川沿いの道に出ると、ぼくらは虎渓橋へと戻る。

桂川の川中には、弘法大師空海《くうかい》が、自ら手にした独鈷杵《とっこしょ》で温泉を噴出させたという「独鈷の湯」がある。以前は入浴できたらしいが現在は禁止されていて、近くに足湯があるだけだ。

そして昔、この「独鈷の湯」の辺りに、頼家が暗殺者に襲われた「筥湯《はこゆ》」があったらしい。しかし、それもやはり現在では失われていて、また新たに、他所に造り替えられたという。

だがその現場が、昔ここにあったのだと思うと、何か胸に迫ってくるものがある。もしかすると、その事件に伴って命を落とした人々の霊魂が、今もまだうろついているのではないか。そんな気すら覚えてしまう。

虎渓橋を渡って石段を登ると、鹿山の麓に頼家の墓があり、その隣には、母親の政子が、息子の頼家のために建立した「指月殿《しげつ》」がある。ちなみに「指月」というのは、禅の「不立文字《ふりゅうもんじ》」——悟りは言葉で表すことができない、という意味だそうだ。

ぼくらは、その「指月殿」の前を通り、頼家の墓へ向かおうとした。

すると彩音さんが、

「これが……供養殿？」

と尋ねてきた。そこでぼくは、

「はい」と答えた。「立て看板の解説にも、『この地で非業《ひごう》の死を遂げた鎌倉幕府二代将軍頼家の冥福を祈り、母北条政子が建立した』経堂だと書かれていますよ。伊豆最古の、木造建築物らしいです」

「それにしては……」彩音さんは、ぐるりを見回す。「余りにも貧弱じゃない？」

「禅様式だからじゃないですか。質素に」

「そんなことを言ったら、修禅寺だって禅寺じゃないの。それこそ、鎌倉の円覚寺だって、建長寺だって同じ」

それはそうだ……。

この「指月殿」は、五間方形——つまり、九・〇九メートル四方の四角い木造建築。壁は板一枚で、建物正面の戸は——今でこそガラスがはまっているが——格子の引き戸。

彩音さんに指摘されるまで気づかなかったが、言われてみればその通りだ。

北条政子がわざわざ建立したから、きちんとした「経堂」と感じるので、何の説明もなくこの建物の外観を見せたら、きっと誰もが、仏具や御輿《みこし》などを仕舞っておくための建物じゃないかと言うだろう。

ぼくも、以前に他の寺院で「経堂」をいくつか見たことがあるが、どれもが漆喰《しっくい》塗りの立派な建造物だった。だから、余計にそう感じてしまうのかも知れない。また、建物の前面に注連縄が、ひょろりと飾られているのも、何となく違和感を覚える。

しかしそれにしても、少なくとも鎌倉二代将軍を供養するには、余りにも簡素すぎる。それこそ、川向こうに対面する、修禅寺くらいの規模になっていても良かったのではないか。彩音さんの言葉ではないが、本当に頼家は、政子に嫌われていた可能性はないか……などと、真剣に考えてしまった。

さらに彩音さんは言う。

「この丈六釈迦《しゃか》如来《にょらい》坐像の両脇に立っていたという金剛力士像は、さっき通った横瀬八幡宮から持ってきた物らしいわよ」

「えっ。あの八幡宮からですか」ぼくは驚いてしまった。「一体、どういう理由――いえ、関係があったんでしょうね」

「何か引っかかるわね」

「帰りに、あちらにも必ず寄ってみましょう」

「そうね」

彩音さんも頷き、ぼくらはそんな疑問を胸に頼家の墓に向かった。

石段の下にも、やはり範頼の時と同じような立て看板の説明書きがあり、そこにはこう書かれていた。

「源頼家の墓

正治元年（1199年）に父頼朝の後を継いで18歳で鎌倉幕府の二代将軍となった頼家は、父の没後に専横になった北条氏を押さえて幕府の基礎作りに懸命であったが、大きく揺れ動く時流と、醜い駆け引きに終始する政争に破れ、在位わずか6年でこの修善寺に流され、元久元年（1204年）祖父北条時政の手で入浴中に暗殺された（享年23歳）。『修禅寺物語』はこうした政治的背景の上に配所の若き将軍頼家と、面作り師夜叉王《やしゃおう》を中心に、それにまつわるロマンスを綴ったものである。

この碑は、元禄16年（1704年）頼家の500周忌にあたって、時の修禅寺住職筏山智《ばっさんち》船《せん》和尚が建てた供養塔であり、墓はその裏側にある2基の小さな五輪石塔である。


伊豆市」


「ちょっと待って……」

その説明書きを読んでいた彩音さんが、急に顔をしかめた。

「これって、どういうこと」

「何か変なことが書かれています？」

「何か変なこと、じゃないわよ」彩音さんは、ぼくを睨んだ。「おかしいでしょう」

「どこがですか」

「ここよ」

と言って、彩音さんは最後の一文を指差した。

「『この碑は、元禄16年（1704年）頼家の500周忌にあたって、時の修禅寺住職筏山智船和尚が建てた供養塔であり、墓はその裏側にある2基の小さな五輪石塔である』――って、じゃあそれまでの五百年間はどうしていたの。それに、小さな五輪石塔って何？」

「ああ……」

そう言われてみれば、その通りだ。

余りに冷遇されていないか。

この墓の敷地まで含めても、さっきまわった、政子と義時が、父親である時政を供養したという願成就院とは、比較する気にすらならない規模だ。

これは一体、どういうわけなんだろう……。

ぼくらは、二十段ほどの石段を登り、頼家の墓と対面する。下から見上げていた時は、墓石かと思ったが、確かに正面にあるのは石碑だった。その後ろを覗き込んでみると、解説に書かれていた通り、小さな五輪石塔が二つ並んでいた。両方とも、高さは一メートル前後だろうか。本当に小さい。

しかし、ぼくらがお参りしようとした時、

「でも……」と巳雨ちゃんが言った。「ここ、今誰もいないみたいだよ」

えっ、とぼくは彩音さんと顔を見合わせた。

「なんだって？」

尋ねるぼくに巳雨ちゃんは、

「ガランとして、お留守みたい」

と、あっけらかんとして答えた。

「どういうこと？」

ぼくが訊くと、

「巳雨がそう言うんだから、きっとその通りなんでしょう」彩音さんが、あっさりと答える。「取りあえず、お参りしましょう。本人がいないのに、お参りするというのも変だけど、伺った以上、ご挨拶しないと失礼だから」

「そうですね」

ぼくは答えて、二つのお墓に向かって深く頭を下げた。そしてぼくらは、隣にある広場の隅に建てられている「十三士の墓」もお参りする。

ここの解説板には、『吾妻鏡』によると、頼家の家臣たちが謀反を企て、それが挙兵以前に発覚して、金窪太郎行親《かなくぼたろうゆきちか》らに殺された――とあるが、前にも言ったようにぼくは、これらの家臣たちは頼家と共に殺害されたのではないかと思っている。

つまり頼家は、数人の暗殺者の手にかかって殺害されたのではなく、大勢の武士たちに襲われて、十三人――あるいはそれ以上の家臣もろとも殺害されたのだと。

実際に範頼の時も、幽閉されている彼を殺害するために、梶原景時は五百騎もの武士を率いて修善寺まで来たといわれているのだ。そう考えると、頼家の場合も同じだったのではないか。

しかし。

こうして改めて実際に足を運んでみると、以前に感じた以上に、範頼と頼家は冷遇されていたことを肌で感じた。まさに子規の歌、

『此の里に悲しきものの二つあり――』

ということだ。

今思えばこの歌は、彼らの生涯はもちろん、死後の、こういった粗略な扱いまでも含んで詠まれているのではないか……。

次にぼくらは、再び桂川を渡って、修禅寺へと向かう。宝物殿で、例の頼家の面を見るためだ。

橋を渡り終えて、修禅寺の山門へと続く石段の前に立った時、ふと思った。

「あの……頼家のお面なんですが」ぼくは彩音さんに尋ねる。

「あれは、ただ単に田楽《でんがく》などで使われていた物だったということはないでしょうか。というのも、漆でかぶれた自分の顔を、わざわざ面に造らせるというのも、ちょっと不自然な気がしているんです」

でも、と彩音さんはぼくを見た。

「その面に怨念がこもっていれば、またあるいは、多くの人たちがそう考えれば、それは本当に怨霊の面になる」

「そう……なんですか」

「自然とそこに、怨念が集結してくるのよ。砂鉄が磁石に引き寄せられるように、いつの間にかその周囲には、怨念が集まってくる。磁石自身には、そんなつもりは全くなかったとしてもね」

「負の連鎖と集積ですか」

「簡単に言えば、そういうこと」

そう言いながら、彩音さんは修禅寺の寺務所に向かった。

「とにかく、そのお面を直接見てみましょう。巳雨も大丈夫ね」

「……大丈夫」

巳雨ちゃんも緊張した顔で頷いたのだが――。

年中無休のはずの、修禅寺宝物殿・瑞宝蔵は、閉鎖されていた。しかも宝物殿の周りでは、数人の警官が立ち働いている。そこで彩音さんが、寺務所にいた白装束の男性に尋ねた。

「宝物殿を見学したかったんですけれど、今日は何かあったんでしょうか？」

「ああ。すみません」

と、その男性は答えた。今までのぼくらの話とは少しかけ離れた、軽そうな雰囲気の若い男性だった。

「ちょっと、事故がありまして。宝物殿の中のガラスケースが、昨日の余震で割れてしまったんです」

「そうなんですか」

彩音さんは、とても残念そうに肩を落とした。

「それでは仕方ありませんね……。でも、頼家の木製の面を、一目だけでも見たいと思って、やって来たんですけれど……。ダメでしょうか」

ああ、と男性は、じろじろと彩音さんを見た。

「いや、折角《せっかく》ですから、ぜひご覧になっていただきたいと言いたいところなんですがね。実は、その面が盗難に遭ってしまったんです」

「えっ」

「余震で割れてしまったケースに入れて展示していたんですが、その時のどさくさで、犬か狐か狸がくわえて持って行ってしまったんですよ。ですから今、警察と地元の消防団の人たちで、一緒になって捜索してもらっているところなんです。全くもう、とんだ災難ですよ」

と男性は言って、しかめ面の顔を何度も振った。

何というタイミングの悪さだろう――。

ぼくらは落胆したが、折角ここまでやって来たのだから、せめて写真だけでもと思い、寺務所で寺宝面の大きな写真が載ったパンフレットをもらって、巳雨ちゃんに見せる。昨夜、余り巳雨ちゃんには見せたくないと感じた、例の写真だ。

すると巳雨ちゃんは、

「悲しそう」それをじっと眺めながら、ポツリと言った。「とっても淋しそうな顔をしてるよ」

恐がるか嫌がるかと思っていたぼくは、虚を突かれてしまった。

「巳雨ちゃん、どういうこと？」

「見て」巳雨ちゃんは、パンフをぼくに差し出す。「泣いてるでしょう」

「え……」

ぼくは覗き込んだ。そこには、ぼくが了さんたちに見せたものと全く同じ面の写真が載っている。

しかし、そう言われて見直せば——。

ポッカリと虚ろに黒く開いた二つの目の穴といい、しっかり食いしばった歯といい、激しい怨念を感じると同時に、どこかもの悲しさもある。もしも「淋しい怨霊」というモノが存在するとすれば、それはきっと、まさにこんな顔つきなのかも知れない、とぼくは改めて思ってしまった。

その後、ぼくらは修禅寺を出て、予定通り日枝神社をお参りした。入り口、石段の下にはこんな立て看板があった。

「信功院跡

修禅寺八塔司の一つ信功院の有った所です。源範頼は兄頼朝の誤解に依りこの信功院に幽閉されました。建久五年（一一九四年）梶原景時五百騎の不意打に合い範頼は防戦の末自害しました。信功院は後に庚申堂となり今は庚申塔一基が残っています。

伊豆市教育委員会」

日枝神社の参拝を済ませると、ぼくらは少しでも時間を稼ぐために、タクシーに乗り込んだ。八幡神社経由で修善寺駅に向かうのだ。

＊

部屋の空気を震わせるように、インターフォンが鳴った。

了が読みかけの厚い本から目を上げてモニター画面を見れば、先ほどの刑事だった。どこか一回りしてきたのだろうか、陽に焼けた額に汗の粒が光っている。

了は、無視しようかどうか一瞬ためらう。こんな時に何度も、一体どうしたというのだろう。了はその真意を確かめることに決めた。そこで、イスから立ち上がって通話ボタンを押した。

「はい……」

と答えると、画面の向こうの、いかつい中年男の顔がほころんだ。

「ああ、ご在宅でしたか。良かった」

「どちらさまでしょうか」

わざと尋ねる了に、刑事は言う。

「警視庁捜査一課の華岡です。以前に一度、お目にかかっていますよね」

「そうでしたでしょうか」

「七年前になりますが」

「……少々お待ちください」

了は一度深呼吸すると、玄関へ向かった。

玄関の扉を開くと華岡は、

「いやいや、お久しぶりです」

と首筋の汗を拭いながら微笑んだ。目尻に何本も皺ができたが、肝心のその目は少しも笑っていない。

「七年前に、どこかでお目にかかったでしょうか」

「目黒不動の事件……とも言えない事件で」

ああ、と了はようやく思い出したように頷いた。もちろん最初から気づいている。

「あの時の、刑事さんでしたか。その節はどうも」

「今、ちょっとだけお話をよろしいでしょうか。いや、もちろんここで構いません。今日は仕事で来たわけではありませんから、立ち話で」

「冷たいお茶もお出しできませんが」

「いえいえ、結構です」

と言って華岡は、七年前の事件を簡単に振り返った。目黒不動の辺りで、遺体があったのかなかったのか、それすらも分からなくなってしまった不可解な事件――。

「しかしあれは」了は言う。「誤情報だったということで、決着がついているのではないですか」

「表面上は、そうです」

華岡の目が、ギロリと光った。

「しかし、実のところ私は、まだ納得したわけではないんですよ。いや、お考えは分かります。本当に自分でも嫌になりますからね、この何ともしつこい性格が」

「そんなこともないでしょう」

苦笑する了を無視するように、華岡は続けた。

「しかし、辻曲さんも当時、何度も足繁く目黒不動に行かれていたことは事実でしたよね。報告書に書かれていましたから」

「ええ。両親が他界したので、その供養に」

「檀家《だんか》さんだった？」

「いえ、そういうわけではありませんが……。昔からよく、両親に連れられてお参りしていたお寺なもので」

「ああ、そうでしたか」

華岡は、短く刈り上げた頭をザラリと撫でた。

「ご両親の件は、実に大変でしたな。改めてお悔やみ申し上げます」

「ご丁寧にどうも」

「しかし、あなたがお参りされていたのは、いつも真夜中近くだったとか」

「なかなか時間が取れなかったもので」

「まだ学生さんだったのに？」

「大学の研究や、アルバイトで忙しくて」

「ご苦労なさったんでしょうね」華岡は頷く。そして尋ねる。「ちなみに大学では、どんな研究をされていたんですか」

「生物学を学んでいました」

誤魔化《ごまか》しても無駄だろうと直感した了は、本当のことを告げた。おそらく調査済みで、ここにやって来ているに違いない。

「生物学ですか」と華岡は、上目遣いで了を見た。「同時に、とても信心深くていらっしゃる」

「仏教や神道などは、他界した両親の影響でしょうか、小さい頃から、非常に興味があったもので」

「一番上の妹さんも、大学院でそういった研究をされているそうですな」

やはり、調査済みというわけだ。下手な嘘を吐かなくて正解だった。

胸を撫で下ろしながら、了は尋ねる。

「でも刑事さん、どうして今さらそんな話を？」

「いや、実はあの後、何年かしてから小耳に挟んだ話がありましてね。それを今回、ふと思い出したんです」

「それは？」

「密教や神道には――私は正確な名称を知らないのですが、降霊術のようなものがあるらしい、と」

「は？」

了は、目を丸くして華岡を見つめた。

「どうなさったんですか。いきなりそんな話をされて」

いいえ、と華岡は真剣な顔つきで答える。

「もちろん私も、そういった説を信じているわけじゃありません。いや、むしろ疑っている。というのも、そんなことに関連した詐欺事件などが、近年数多く起こっていますからね。しかし、それより何より、霊魂だのお化けだのなんて話を一々信じていたら、こんな仕事はできません」

華岡は嗤《わら》った。

「だからと言って、一方ではそういったことを『信じている人たちがいる』というのは、事実だということは承知していますがね」

「いわゆる『怨霊信仰』ですね。少し前までは、平安時代あたりから始まったのだろうといわれていましたが、今では、もっと古くから日本に存在していたことが、ほぼ判明しています。これもまた、怨霊や霊魂が存在していたのか、それともいなかったのかという議論とは別次元の話ですが」

「そういうことでしょうな」

「それで……その話が、どうしてぼくと？」

「いや」と華岡は、わざとらしいほどの疑わしそうな視線を了に送ってきた。「ひょっとしたら、辻曲さんも、当時そんなことを信じていらっしゃったのではないかと、思いついただけです」

「ぼくが？」

了も今度は、目を細めて笑った。

「どうしてまた、そんな荒唐無稽《こうとうむけい》な考えを」

「さっきも申し上げたように、あなたはあの時、ご両親を亡くされていた。そしてあの、深夜のお不動参りだ。ここに何らかの関連性があったのかも知れないと、遅まきながら気がついたんです」

「それは、全くの偶然です」了は、まだくすくすと笑っていた。「ぼくが夜遅く、目黒不動をお参りしていたのと、その何とか術と、どうやって結びつくんですか？　いや、本当に驚きました」

了は、前髪をパサリと掻き上げる。普段は髪に隠れている意志の強そうな太い眉と広く秀《ひい》でた額が、チラリとかいま見えた。

「それに今、刑事さんは降霊術とおっしゃいましたが、そもそも仏教では、霊魂の存在を認めていないんですよ。釈迦が、はっきりそう述べています。確か『相応部経典』でしたか、我《アートマン》というものは、存在しないんだと。その存在しない霊魂と、密教がどう関わっているというんですか」

「さて……」

「しかも、それを降ろすなどと無茶苦茶な話を」

「だが、神道では霊魂が存在することになっているんでしょう、確か」

「いわゆる、魂魄《こんぱく》——精神を司る『魂』と、肉体を司る『魄』とですね。しかし、そのような霊魂と言葉を交わすなどとなれば、とても大変な修行を積まなくてはなりません。あるいは、巫女——いわゆるシャーマンの存在が不可欠です。もっと正確に言えば、審神者《さにわ》、神主《かんぬし》、そして六弦琴を奏でる琴師が必要で、この審神者が巫女の役目を担う形になります」

「なるほどね」

「まあ、ここまでやれば不可能ではないかも知れませんが、それだってある程度の『血筋《ちすじ》』、つまり、その人に元々備わっているDNAが関与してくるとぼくは思っています。だから、一般的にはとても無理ですよ」

「では、そんな幽霊や妖怪のようなモノについては、どう考えておられますか？」

「幽霊と妖怪とは、全く別物だと考えています。ただ、妖怪に関して話し出すと非常に長くなってしまいますから、今は幽霊に関してだけお話しします」

と言って、華岡を正面から見た。

「ぼく個人としては、霊というのは香りのようなものだと思っています」

「香り？」

「飲み終わったカップから立ち上《のぼ》る、コーヒーの香りです。あるいは、散ってしまった後の、桜や梅の香り。つまり、物理的な余韻です」

「物理的……余韻ですか」

「そういうことです。だから、普通の人たちが霊と話をするなどという技は不可能だと思いますし、ましてや降霊術など、とんでもない世界の話だと考えています」

「そうですか……」

「刑事さんは」と了は微笑んだ。「こんな話をしに、わざわざここまでいらっしゃったのですか」

ああそうでした、と華岡は短く刈り上げた頭を大袈裟《おおげさ》に叩いた。

「肝心な話を忘れていました。いや、実は摩季さんの件で参ったのです」

「摩季の件？」

「妹さんは現在、心肺停止状態ということで、お気持ちはお察しします」

　と言って軽く一礼する。

「そしてあなたは、万が一の時でも、司法解剖に回すことだけは止めて欲しいと病院にお願いされたと耳にしました」

「もちろんです」了は力強く首肯した。「どうしても仕方のない場合を除いて、家族なら誰でもそう思うでしょう」

「私としてもその辺りの事情は、充分に承知しています。確かに、殆どの方たちはそうおっしゃいます。しかし……今回の場合、妹さんに万が一の場合がありましたら、司法解剖をご承諾いただきたいと思いまして」

「なんですって」了は顔色を変えた。「何か、妹に関して事件性でもあったんですか」

「いえ。今のところは何も」

「じゃあ、おかしいじゃないですか！」

「いや。あくまでも、念のためということです」

「そもそも、あなたとは管轄が違うのではないですか？　どうして警視庁のあなたが、神奈川の事件を」

「ですから、今こうしてお断りに伺ったというわけです」

「そんなことを言われても。生きていようが死んでいようが、摩季は大切な妹なんです。ぼくは、絶対に許可しません」

「いや」と華岡は、困惑顔を見せた。

「司法解剖の場合は行政解剖とは違って、許可するしないというレベルの問題ではないんです。また、言うまでもありませんが、まだお亡くなりになっていないうちから、こうして伺うことは、異例中の異例です。本来、すべきことではありません。しかし、今回だけ、今回だけは」

「今回だけ、何だと言うのですか」

「異例中の異例なのです。上司の許可も得ていますし、神奈川県警にも既《すで》に連絡済みですから」

「えっ」

「では、こちらとしても非常に心苦しいのですが、そういうことで、万が一の場合にはご協力をお願いします」

と言うと、華岡は取って付けたようなお辞儀をすると、

「お忙しいところを、お邪魔しました」

扉を開けて帰って行ってしまった。

「ちょ、ちょっと待って――」

華岡を追いかけようと、サンダルを突っかけた時、
ふと閃《ひらめ》いた。

もしかして彼は、今の話をわざと聞かせに来たのではないか。了の反応を確かめるために。華岡は、明らかに了たち全員を疑っている。だからこそ、今ここで騒いだら、彼の思うつぼだ。

了は、扉の鍵をしっかり閉めて部屋に戻る。そして、厳しい顔つきのまま前髪を掻き上げると、イスに大きく寄りかかった。

＊

行きの道では気が急《せ》いていたために気づかなかったが、今こうしてタクシーの中から辺りの風景を眺めていて、ふと思った。

駅から修禅寺までは、両側を山に挟まれた桂川沿いの細い道が一本。北側の山を越

えれば、更に奥深い山。南へ向かえば、大きな狩野川が流れている。そう考えると——今でこそ便利になっているが——確かに昔、この辺りは人を幽閉するのには非常に適していた土地だったはずだ。

その桂川と狩野川の合流地点、つまり修禅寺への道の出発点となる場所に、横瀬八幡宮がある。

ぼくらは、神社の前で一旦、タクシーを降りた。ここから修善寺駅までは、歩いても十分程度だが、少しでも時間を節約するために待っていてもらう。

この神社の名称は「横瀬八幡宮」。あるいは、ただの「八幡神社」。

神社の規模は、それほど大きくない。道路から鳥居までの石段は、たったの七段。そして鳥居をくぐると、すぐ正面に本殿が建っている。

本殿脇には、蛙のような珍しい顔をした狛犬が立ち、そのまた隣に立てられた由緒書きを読むと、やはりこの神社は、旧修善寺村の氏神だったと書かれていた。

主祭神は、応神天皇《おうじん》。

相殿は、二代将軍・源頼家。

もともとこの神社は、この場所から二百メートルほど東寄りの地にあったそうだが、狩野川の氾濫などの理由によって現在の場所に遷《うつ》されたらしい。また、

修善寺周辺図

北
0
500m
至 伊豆長岡駅
伊豆箱根鉄道
静岡県
伊豆市
修善寺トンネル
修善寺道路
横瀬八幡宮
修善寺
136
修善寺IC
伊豆市役所
城山
狩野川
桂川
源範頼の墓
日枝神社
修禅寺
嵐山
本立野トンネル
136
独鈷の湯
指月殿
源頼家の墓
十三士の墓

「右側の本社には、頼家公の母北条政子悪病平癒《へいゆ》の伝説をもつ『孔門石』又は『玉門石』と呼ばれる陰石が祀られている」

とあった。

そこまで読んでぼくは「えっ」と驚き、彩音さんに告げる。

「この本殿の他に『本社』があるそうです！」

「そのようね……」

自分の腰にしっかりとしがみついている巳雨ちゃんの頭を優しく撫でながら、彩音さんも頷いた。

「行ってみましょう」

確かに本殿の右奥に小さな建物があったが、それはとても「本社」と呼べるような物ではなかった。本殿自体もそれほど大きな建物ではないが、こちらは比較にならないほど小さい。というより「社」の形態をなしていない。

高さ一メートルあるかないかの石の祠《ほこら》が四、五基横に並んでいて、一番右端には、ごく小さな稲荷程度の色褪せた朱色の祠が置かれていた。そしてそれらを板塀と屋根で囲み、正面には朱色の瑞垣《みずがき》が立てられている。つまり、いくつかの小祠を横一列に並べて、それらの周囲をぐるりと板で囲ったような形になっているのだ。

しかしこれが、この神宮——あるいは神社——の「本社」らしい。

ぼくらはその前に移動して、右端の社の上に掲げられている「横瀬八幡宮縁起」を読んだ。そこには、やはり頼家が「入浴中虐殺され」たことや「若き御命を」落としてしまったことなどが、墨書されていた。

そして、それに続いて、

「この宮の末社に比賣《ひめ》神社と云う小祠ありて御神体は女陰《じょいん》なり」

とあった。

本殿前の由緒書きには「本社」とあり、ここでは「末社」となっているが、まあそれは良いとしても、今、ぼくらの眼前にあるこの小さな祠の御神体が「女陰」だというのだ。そして実際に朱色の小祠の中に「女陰石」が祀られているらしかったが、その前には赤い布が垂れ下がっていて、中を覗くことはできなかった。

実際に、こういった陰陽——男性器や女性器を模《かたど》った御神体を祀っている神社は、日本各地にいくらでもある。それらを御輿に担いで、大勢で街を練り歩くという祭もある。また、天狗やおたふくのお面だって、それら「陰陽」の一種だ。だから、そんな物を祀ってあることは特に驚かなかったが、次の一文を読んで、ぼくはびっくりしてしまった。

「社伝に曰く昔尼将軍政子、修善寺に湯あみし折（中略）奥殿《おくどの》の病に罹《かか》りて鎌倉より名医を招き、病状を断定せしめ給う」

つまり政子は、ここ修善寺で奥殿——女性器の病気に罹ってしまい、医者を呼んだという。しかしここは素直に、政子がそういった病を得たので、密かに修善寺にやって来て、この地まで医者を呼び寄せたと考えた方が自然だろう。

しかもその時、その医者は政子の侍従から、

「奥殿の扉を開くべからず、手もふるるなかれしと申しつけられた」

のだという。

つまり、政子の患部を見ても触ってもならないというわけだ。

そう命じられて困ってしまった医者は、糸の端を政子に持ってもらい、自分ももう一方の端を持ち、その動きによって「患部を察知」したという。そして次に、今この場所に祀られている「女陰の石尊」に「丹粉鉄」——「紅《べに》、白粉《おしろい》、お歯黒《はぐろ》」の三色を塗りつけると、やはりその三色に色づけした薬を渡し、政子がその通りに塗ったおかげで、見事に病が平癒したと書かれていた。

ゆえにこの神社の神徳は「婦女の下の病」と「子宝開運」になったという。

「どう思います、これ」

ぼくが尋ねると、彩音さんは首を傾げた。

「何が」

「神徳がおかしくないですか」

「どういうこと？」

そこでぼくは二人に向かって、引っかかっている点を説明した。

というのも、神社の「神徳」や「霊験《れいげん》」というのは、そこに祀られている神様が、自分では叶えられなかったことを、お参りする人たちに与えてくれようとするのが基本だからだ。

短命だったり、不慮の死を遂げたり、生まれてすぐに亡くなったりしてしまった人々は「延命長寿」の神になる。財産を不当に奪われてしまった人々は「金運上昇」や「商売繁昌」の神になる。愛する人と無理矢理に引き裂かれてしまった人々は「縁結び」や「家内安全」の神になる。家や土地を強奪されてしまった人々は「国土安穏」の神になる。

もちろん例外もあるが、神徳の根本はそういうことだ。だからこそぼくらは、そこに祀られている神様の悲しい境遇に思いを馳せつつ、お参りしなくてはならない。

だからこの理屈でいくと「婦女の下の病」と「子宝開運」という神徳は――。

「実のところ」ぼくは彩音さんの顔を見る。「政子の病は平癒しなかったということになります」

「でも……事実、きちんと快癒《かいゆ》したから、神として祀られたとか」

「そういう場合は、治した側の医者が、神や仏として祀られるんです。大国主命《おおくにぬしのみこと》や空海や日蓮のように」

「ああ……」

「でも、子宝には恵まれていますよね。頼家・実朝の男子二人と、大姫《おおひめ》・乙姫《おとひめ》という女子を二人、生んでいるわけですから」

「これはちょっと」彩音さんは、ほっそりとした指を、自分の額に当て、トントンと軽く叩いた。「考えてみる必要がありそうね。やっぱり、実際に来てみて良かった」

「巳雨ちゃんは」ぼくは尋ねる。「どう感じてる？」

「ずっと恐い……。誰かに見られてる気がする」

「誰だろう」

「……分からない」

巳雨ちゃんが再び彩音さんに、ギュッと抱きついた時、またしてもグラリと大地が揺れた。ぼくは、目眩《めまい》でも起こしてしまったかと思ったが、本当に地震だった。木々や、外の電線が大きく揺れている。

「急ぎましょう！」

彩音さんが叫ぶ。

ぼくらが、待たせていたタクシーに大慌てで乗り込むと、

「また、鎌倉で大きな余震があったようですよ」運転手さんは青ざめた顔で車を発車させた。「近頃は、一体どうしちゃったんだか」

修善寺駅に向かってもらいながら、みんなでラジオのニュースに耳を傾ける。すると運転手さんの言った通り、震源地はまたしても鎌倉で、やはり震度五弱。

しかしアナウンサーはその次に、とんでもないニュースを伝えた。

「今回の地震による被害状況が入ってきました。それによりますと、鶴岡八幡宮、二の鳥居が倒壊したもようです」

ぼくらは全員で顔を見合わせる。彩音さんの顔にも、巳雨ちゃんの顔にも、一瞬緊張が走る。だが、アナウンサーは続けた。

「しかし、幸いなことに鳥居の倒壊による被害者は、今のところ出ていないようですが、引き続き大きな余震には充分にご注意ください――」

タクシーは、あっという間に修善寺駅前に到着する。料金を支払ってタクシーを降り、急いで電車の切符を買い終えた時、彩音さんは口を開いた。

「やっぱり、状況はかなり危ういみたいね」

「さっきのラジオニュースでは、今度は鶴岡八幡宮の二の鳥居が倒壊したと言ってましたけど、彼らは次に、本気で三の鳥居も壊そうとしているんでしょうか」

「かも知れない」

でも、とぼくは小声で尋ねる。

「そんなことをしたら、鎌倉の守護神・頼朝の霊が出て来るわけですよね。そうなると、範頼と頼家の怨霊を引っ張り出した意味が分かりません。いくらこの二人の怨念が強いといっても、当然、頼朝にはかなわないでしょうから」

「まさか源氏の霊魂を、全員目覚めさせようなんていうわけじゃないでしょうね」

「義経や実朝もですか？　そんなことをして、一体何のメリットが？」

「想像がつかないわ」彩音さんは嘆息する。「でも、ちょっと頼朝に関しても調べないとダメかも。何かあるかも知れない——。お願い。悪いけど、すぐに調べてみて」

「任せてください」ぼくは胸を張る。「こんな時くらいしかお役に立てないんですから、きっちりと調べます。戻ったらすぐ資料にあたって、明日、いえ今夜にでも持って伺います」

そう言ってホームへと歩いていると、彩音さんが唐突に言った。

「ねえ。あの、おじいさんはどうかしら」

「えっ」

「訊いてみても良いんじゃない」

「火地《かち》さん……ですか？」

「そう」

「いや——」

ぼくは逡巡《しゅんじゅん》した。

実はぼくの知り合い――というより、大先輩の歴史作家さんに、火地晋《すすむ》さんという方がいるのだ。そしてこの方は、日本の歴史に異常に詳しい。

しかし……火地さんは、とても偏屈で頑迷で尊大で狷介固陋《けんかいころう》な人物なのだ。だからぼくは、できるだけ敬遠――敬して遠ざけ――させていただいているのだった。

しかも、火地さんに話を聞きに行くためには、こちらも相当勉強して行かなくてはならない。余りにつまらない質問をしようものなら、すぐに「バカか」と言って口をつぐんでしまう。

「時間は有限。問題は無限」

というのが、火地さんの――自分で考えた――座右の銘らしい。

「できたら、訊いてみてくれるかな」

「そう……ですね」

ぼくの、余り気乗りしない表情を見て、彩音さんは言った。

「気持ちは分かるけど、お願い。ここはもう、おそらく頼朝に頼るしか方法がない。さもないと、範頼と頼家の怨霊が暴れ出す。彼らを抑えるために、どうしたら頼朝の力を借りることができるか、それを一刻も早く調べなくちゃ」

「相手は、最初から三の鳥居の倒壊を狙っていたのかも知れないですね。でも……。頼朝の霊を目覚めさせて、一体何をしようとしているんでしょうか」

「敵が何を考えているのかは、まだ分からないけど、この際、このまま鶴岡八幡宮の三の鳥居も壊してもらって、頼朝の霊を登場させてしまうという作戦もあるわね。そして頼朝に、鎌倉を守ってもらう」

「そうですね」ぼくも頷く。「何しろ鎌倉は、頼朝の父・義朝《よしとも》にも縁が深い土地でしたから。また、元八幡なども、頼朝の先祖が勧請して建てた神社ですし。鎌倉と頼朝は、何かと繋がっていますから」

「そうよね」

と彩音さんは言った。

「でも、とにかくまだ、私たちの分からない何かがあるのよ。だから陽一くんは、頼朝の件と火地さんの件をよろしくね。あの人は陽一くんじゃないと、口もきいてくれないから」

それも事実だ。

ぼくには色々と教えてくれるのだ——但し、面倒臭そうに、若僧が何を言ってるというように、あからさまに迷惑そうな態度で。

しかしこの際、そんなことも言っていられない。何しろ、摩季ちゃんの命がかかっているのだ。了さんも彩音さんも巳雨ちゃんも、みんな必死で一所懸命だ。ぼくだけが、のほほんとしているわけにはいかない。

「分かりました」ぼくは頷いた。「戻ったら、頼朝についてもう一度調べます。そして火地さんに会いに行きます。きっと、いつもの喫茶店にいるでしょうから」

「ありがとう」

彩音さんがぼくに向かってお辞儀すると、隣で巳雨ちゃんも、

「巳雨も頑張る」

顎を上げて、小さな胸を張った。

「よろしくお願いします」

二人に言われてしまっては、もう後には退《ひ》けない。

「了解しました」

ぼくも大きく頷いた。

5

口の中が、どうしようもなくピリピリと痛かった。

辛みとか苦みとかではない、金属的な痛みだった。

同時に、生唾《なまつば》が湧き出してくる。

じわりと嫌な汗が脇や背中を流れ、顔がほてってきた。

次に全身を寒気が襲ってくる。

何か変な物でも口にしたのか。

体が、前後左右ぐらぐらと揺れ、馬にまたがっていることさえつらい。

そうだ。

ぼくは今、馬に乗って、埃《ほこり》っぽい田舎道を歩いているところなのだった。

しかし――。

ここはどこだ？

見渡せば遥《はる》か彼方まで、民家の一つも見えない。茫々《ぼうぼう》たる草原と、冷たい北風に鳴る松林が続いているだけだ。左手に見える大きな川には、橋も堤防もない。寒そうな逆白波を立てながら、滔々《とうとう》と流れているだけだ。

そして、ぼくの前後左右には数人の――。

〝武士？〟

直垂《ひたたれ》をまとって烏帽子《えぼし》を被り、腰に刀を差し、
ある者は槍を手に持った男たちが歩いていた。

これは完全に夢だ。

夢の中でも、自分は今、夢を見ているのだと自覚できる時がある。

ちょうど、そんな感じだった。

それにしても……いつの時代の夢だ？

と思う間もなく、息が苦しくなってきた。

吸おうにも吐こうにも、気管支に石を詰め込まれてしまったようで、ぱくぱく口を開けるものの、肺には酸素が取り込まれない。心臓が不定期に大きく脈打ち始め、手足が痙攣《けいれん》する。

その時、左脚に激しい痛みを感じた。どっ、と足先まで伝って行く温かい液体は、ぼくの血だ。おそらく、大動脈が切断されたのだ。

同時に、わあわあと人々の声――怒号が、辺り一面を埋め尽くす。何だ。何が起こ

ったのだ。騒然とする状況の中で、ぼくはついに落馬した。

ゴキリと嫌な音がした。

おそらくどこかの骨が折れたのだ。腰椎《ようつい》か。頸椎《けいつい》か。

体が全く動かない——。


ぼくは、ふと我に返る。

またしても、白日夢を見た。

しかも今回は、当人と意識を共有していたような気分だった。

だが……一体、誰だったのだろう。

いや、今はそんなことを考えている場合ではない。とにかくぼくは、急いで頼朝《よりとも》に関する資料に目を通すと、それを手に、火地晋さんに会いに行くことにした。

会いに行くのは、もちろん火地さんの家にではない。第一ぼくは、火地さんの家を知らない。知っているのは、彼がいつも行っている喫茶店——「猫柳《ねこやなぎ》珈琲店」だ。

その店は、駅前の商店街から一本入った、寂《さび》れている路地裏にある店で、もう何年前から営業を続けているのだろう、ひょっとすると、ぼくの生まれる前からそこにあったのではないか。

正面の壁一面に蔦《つた》が絡まっている、絵に描いたように古い二階建ての珈琲店で、店内は薄暗く、BGMには常にマーラーが低く流れている。狭い通路が入り組んでいる上に、屋根裏部屋のような天井の低い中二階の席まであるため、席数が全部でいくつあるのか、それすらも分からないような店だ。

火地さんはその珈琲店の、お化けでも出そうなほど暗い隅っこの席に座って、煙草を吹かしながらコーヒーを飲み、手書きで原稿を書いている。ただひたすら原稿用紙のマス目を万年筆で埋めながら、何時間も座っているのだ。

だが残念なことに、書店の店頭で火地さんの著書を見かけることは殆どない。先日ぼくは、神田のとある書店で、偶然にも火地さんの本を見かけたのだが、それはもう何十年も前に出版された本——古書だった。

しかし、彩音さんも認めているように火地さんの知識は実に膨大で、しかもそれら一つ一つに必ず自分独自の考察が入っている。だから、とても斬新かつ、鋭く本質を突いていると思う。

だが……実に頑迷固陋《がんめいころう》な老人なのだ。

外見からしてもそうだ。白髪《しらが》を伸び放題にして、バラリと肩先まで垂らし、たまに搔《か》きむしるから余計にボサボサになってしまう。その上、見るからに意志の強そうな四角い顎、ギロリと大きな目、そして頬は骸骨のように痩《こ》けている。晩年の川端康成を、更に鬼気《きき》迫る顔にしたと思ってもらえれば間違いないだろう。

ちなみに、年齢は知らない。だが、少なくともぼくの三倍以上は、この世にいるはずだ。そして、毎日毎日、原稿を書き続けている。

今日も火地さんはいつもと同じ席に腰を下ろして万年筆を片手に、原稿用紙と向かい合っていた。

「こんにちは」

と挨拶すると、火地さんは例の大きな目で睨む。しかしすぐに、無視するように、すぐ原稿用紙に目を落とした。

「お忙しいところを、すみません」ぼくは、恐る恐る声をかける。「あの……ちょっと、お話を伺いたいんですが……」

「わしが忙しいと分かっているなら」火地さんは、ぼくの顔も見ずに言った。「帰れば良かろう」

「いえ、あのですね——」ここで簡単に引き下がるわけにもいかないぼくも、粘る。「どうしても、火地さんにお訊きしたいことがありまして」

「自分の頭で考えろ。他人に訊いたところで、何もなりゃあせんじゃろ」

「いえいえ！　もちろん、自分でも物凄く考えました。考えたんですけれど、分からなかったんです。そこで、ぜひとも火地さんに――」

「何回考えた」

「え？」

「その疑問を、何度考えたかと訊いている」

「それは……その……八回ほど」

いわゆる「嘘の三八《さんぱち》」で、ぼくが適当な数字を答えると、

「今、わしがここで書いている話は、もう三十年も考え続けた歴史の謎だ。あと三十年したら来い」

いや！　ぼくはあわてて言った。

「そんなに待てないんです。喫緊《きっきん》の話なんです。取りあえず、ここに座ってもよろしいでしょうか」

「あんたが座るのは勝手だが、相手をしてやるかどうかは分からん」

「ぜひ、お話だけでも」

「しつこい奴だな」火地さんは、不機嫌そうに太い万年筆をテーブルの上に置いた。

「いつも優しくされていると思って、つけ上がりおって」

ぼくは、今まで一度も優しくしてもらった記憶がなかったが、

「ありがとうございます」

と感謝して、火地さんの前に腰を下ろした。

「それで」と火地さんは、大きく嘆息しながら煙草に火をつける。「何の話を聞きたいんじゃ」

「源氏、特に源頼朝に関してです。ぼくらは、どうしても彼の力が必要——いえ、それはともかく——頼朝のことを詳しく知りたいんです。彼の全てについて」

「そんなものは、どこの図書館でも調べられる」

「いえ、やはり火地さんでないと、深くまでは分からないと思い」

「ということは、自分でも少しは調べたんだな」

「はい」とぼくは持参した資料を取り出す。「可能な限りは」

「では当然、甲斐《かい》国の善光寺《ぜんこうじ》にも行ったな」

「は？」

思わず聞き返してしまった。

「甲斐——山梨県の善光寺ですか？」

「そうじゃ」

「なぜ……」

「ふん」

火地さんは煙を吐き出した。

「行っておらんということは、あんたは、これから自分が調べようとする人物——頼朝の顔も知らんというわけか。話にならんな。やっぱり帰れ」

「い、いいえ、お願いします！　すぐに、きちんと調べますから、お話だけでも——。それでどうして頼朝と山梨県の善光寺が？」

はっ、と火地さんは呆れ顔でぼくを見た。

「甲斐の善光寺の宝物館には、日本最古の頼朝像がある。そして、この像の顔こそが、本物の源頼朝に一番近いのではないかといわれている」

「えっ」

「そこには、三代将軍・実朝《さねとも》の木像もある。以前には頼家《よりいえ》の像もあったようだが、残念なことに焼失してしまったらしいがの」

ああ……、とぼくは唸った。

「ぼくも、あの有名な教科書に載っている肖像画は、実は頼朝ではなく別人なんだ、という話を聞いたことがありました」

「あの肖像画は、足利直義《あしかがただよし》じゃな。尊氏《たかうじ》の弟だ」

火地さんは、きっぱりと断定する。

「甲斐・善光寺の頼朝像を見れば、ああ、頼朝はこんな感じの男性だったのかと納得できる」

「それで……どんな顔なんでしょう」

「いちいち説明する義理もないが」

火地さんは、ぼくをギロリと見た。

「ふっくらとして、とても穏やかで、人が良さそうな顔じゃ」

「そうですか」ぼくも、何となく納得した。「さすが鎌倉最大の守護神となった男ですね」

今、その守護神を巻き込んで、鎌倉で大変なことが起こっているわけだが、その話は敢えて火地さんに伝えなかった。

「でも、そんな穏やかな人間が、あんなにたくさんの戦いをこなし、複雑な政治を行った。これは人徳ですか、源氏の血ですか、それとも宿命か」

ふうっ、と火地さんは再び煙を吐いた。

「あんたは、鎌倉に行ったことはあるかな」

「ええ！」今度は何度も頷いた。「もちろん、あります。それこそ何回も」

「段葛《だんかずら》を見たか」

「若宮大路ですね。頼朝が命じて造らせた道ですよね。何度も歩きました。春になると特に桜が綺麗で、そして――」

「では、頼朝が造成を命じた理由は、知っているのか？」

「はい。それは有名な話ですから」ぼくは微笑む。「政子《まさこ》が長男である頼家を懐妊したために、頼朝がその安産祈願で造成した――」

「バカか」

火地さんは呆れたように言う。そして、

「違うんですか？」

驚いて尋ねるぼくに説明した。

「養和《ようわ》二年（一一八二）三月に造成されたあの道は、二の鳥居辺りから鶴岡八幡宮に近づくにつれて徐々に狭くなっている。それは何故かといえば、今で言う遠近法を使って、八幡宮を遠く大きく立派に見せるためだ。単なる安産祈願で、そんな面倒なことまでするか？　頼朝は、前々から計画を練って、機会を待っていた。それが証拠に『吾妻鏡』の養和二年三月十五日の条にも、

『鶴岳の社頭より由比の浦に至るまで、曲横《きよくおう》を直して詣往《けいおう》の道を造る。これ日来御素願たりといへども、自然《じねん》に日を渉《わた》る』

と書かれている。つまり、この造成は頼朝の日頃からの願いだったが、漫然と日が過ぎてしまったものであったとな」

なるほど、とぼくは感心した。

火地さんの話にも、そしてその記憶力にもだ。

そう、火地さんは超絶な記憶力の持主なのだった。小さい頃からの愛読書が『日本歴史真実大百科事典』だったという。ぼくはそれがどんな書物なのか、実際に見たことはないが——。

とにかく、ぼくは尋ねる。

「……では、何故そんなことを？」

「人が歩けなかったんじゃよ。特に騎馬では、全くといって良いほど通行不可能な場所だった」

「と言いますと？」

「当時あの近辺は、物凄い泥湿地帯だった。沢史生《さわしせい》も、こう書いている。

『頼朝が目の当たりにした鎌倉は、貧寒《ひんかん》そのもののたたずまいであった。東、北、西の三方を雑木の繁る小山に囲まれた猫額の平地は、その大方が泥湿地であった。僅かばかりの田畑と、数えるほどに散在する半農半漁の茅屋《ぼうおく》。要害の地などとは到底考えられぬところで、今様に表現すれば、さしずめそこは鎌倉の番外地だった』——と」

「若宮大路の辺りが、番外地！」

「そうじゃ。普通に生活するには、かなり大変な土地だった」

でも！　とぼくは反論する。

「鎌倉は要害の地だったからこそ、頼朝は自らの本拠地としたんじゃないんですか」

「あんたの脳みそも番外地じゃな」

火地さんは、ぼくを睨む。

「今時まだ、そんな与太話《よたばなし》を本気で信じている輩《やから》がおるとは、驚いた」

「でも！　学校でもそう習いましたし、色々な本に書いてあります。鎌倉は三方が山、一方が海という、攻めるに難く、守るに易い要害の地——」

「では訊くが」と火地さんは皮肉に言う。「奈良や京都や江戸に都を造った天皇や将軍は、何故そういった土地を選ばなかったんじゃ？」

「え……」

「誰もが、大きな港を持つ平地を選んでおる」

「でも、奈良や京都に大きな港は——」

「今でこそないが、しかし古地図を見れば分かるように、かなり内部まで大きな川が通じておった。また京都でいえば、特に丹後などは一大港だったしな」

「丹後……ですか」

「ああ、そうじゃ。かの地は、秦始皇帝の命を受けた徐福が、不老不死の薬を求めて上陸した場所ともいわれとる。海岸線まで容易に辿り着くことすらできなかった鎌倉とは比較にならん。そして現実的に、結局は外から攻め込まれた鎌倉幕府よりは、京や江戸の方が長く続いている」

「平安貴族たちとは違って、頼朝は、武士だったから——」

「徳川家康《とくがわいえやす》は、武士ではなかったとでも言うのか」

そう言われれば——確かにその通りだ。

「じゃあ、どうして鎌倉に？」

「石橋山の戦いで敗れ、安房《あわ》に逃げた時に頼朝は、千葉介常胤《ちばのすけつねたね》に言われた。『相模《さがみ》国、鎌倉郷を目指し給え』と。それで決定したようじゃ」

「他人に言われたんですか？　頼朝自らが決断したのではなくて」

「そういうことだ。もしも頼朝が最初から鎌倉を目指していたのなら、挙兵後の戦い方も全く違っていただろうな。当然、鎌倉の地を視野に入れていたはずじゃ。しかし、そうではなかった」

「でも、鎌倉は頼朝の父・義朝《よしとも》と縁《ゆかり》がある土地で――」

「全く逆じゃ。義朝は、鎌倉の地元の民である、いわゆる『鎌倉党』の人々から、蛇《だ》蝎《かつ》の如く嫌われておった」

「えっ」

ぼくは、火地さんに詰め寄った。

「じゃあ、どうして千葉介は鎌倉を勧めたというんですか！」

「ちっとは自分の頭で考えたらどうじゃ」

火地さんは我慢ならないというように、煙草を灰皿に乱暴に押しつけて消した。

「あんたの頭は、何のために首の上に乗っかっているんだ？　ただの重石《おもし》か」

「すみません」ぼくはあわてて謝った。「でも、他に理由が見当たらないんですけれど……」

「こんな問題は、考えるまでもない」

火地さんはイライラと言う。

「もちろん頼朝は、鎌倉しか行く場所がなかったからだ」

「伊豆の挙兵で、頼朝たちは山木兼隆《やまきかねたか》を討ったというが、その実は、北条時政《ときまさ》父子らを主力とした数十人によるヤクザの殴り込み程度の、単なる夜討ちだった。しかも大将の頼朝はこの夜襲に加わってはいなかった。時政の邸で、ただ報告を待っていた。しかもその時頼朝は、もしも時政たちが敗れたら、その場で切腹して果てる約束をさせられていた。最初から時政たち伊豆の土豪は、頼朝など何とも思っていなかった」

「えっ」

いいか、と火地さんは続ける。

「そう……なんですね」

「そうじゃ。もともと頼朝は、単なる流人だぞ。どこにそんな武力も財もあるというんじゃ」

それはそうだ。この間、彩音さんにも言った通り「窮鼠、猫を嚙む」状況で、頼朝は仕方なく立ち上がった。それこそ、一か八かで。

しかも、と火地さんは更に言う。

「その頃は、あんたも知ってるように、鎌倉武士たちは、みなが『一所懸命』の時代だった。土地を守ることに、命を懸けておった」

これも、彩音さんたちと話した。現在「一生懸命」といわれている言葉の語源は、鎌倉武士たちの、この「一所懸命」だと。

「確かに坂東の豪族たちにすれば、自分らの旗印となってくれる人物は必要だ。しかし、だからといってその人物に、自分たちの土地を差し出したくはない。そこで、鎌倉が選ばれた」

「……泥湿地帯が」

「そうじゃ。しかも鎌倉は、頼朝の父・義朝が、その昔、散々乱暴狼藉《らんぼうろうぜき》を働いて、土地の人々――『鎌倉党』を追い散らしたことがある、いわくつきの土地だった。頼朝の鎌倉入りから遡《さかのぼ》ること三十六年前。義朝は、彼らが苦難の末に開墾《かいこん》した土地に乱入して、米穀や財宝を全て強奪し、多くの人々を殺戮した。ゆえに、鎌倉党はずっと義朝を恨んでいた。その息子がやって来るといって、誰が歓迎するか」

「それは確かに……」

「しかし、千葉介たちにとってみれば、そんなことは関係ない。だから、体《てい》よく頼朝を鎌倉に向かわせたんじゃ。そのために、鎌倉党の人々も仕方なく、一番住みづらかった辺りを頼朝たちに譲って、自分たちは銭洗弁天《ぜにあらいべんてん》や、佐助稲荷《さすけいなり》や、長谷《はせ》といった山の奥に引っ込んだ。結局は弱い者、そのまた弱い者にしわ寄せが来るという、今も変わらぬ構図じゃな」

火地さんは煙草に火をつけた。

「事実、江戸時代後半には、町人たちによる、現在の神奈川県の大山《おおやま》参りや、お富士参りが流行した。そしてその帰り路には、殆ど誰もが江島《えのしま》神社に参拝している。しかし、鎌倉に立ち寄る人たちは、稀《まれ》にしかいなかった。あくまでも、江ノ島のついでに、鶴岡八幡宮に立ち寄る程度でな」

「現在は一大観光地になって、物凄く大勢の観光客たちが訪れていますけど……ほんのちょっと昔は、全く違ったんですね」

「その証拠に、若宮大路の二の鳥居辺りから、ずらりと並んでいる、妙隆寺《みょうりゅう》・大巧寺《だいぎょう》・本覚寺などが、どれも若宮大路に背を向けている。そして、むしろこれらの寺院は、小町大路に正面を向けている。鎌倉が、若宮大路だの、段葛だのといわれるようになったのは、つい最近のことだ」

「じゃあ……」ぼくは首を傾げた。「もしかして、高徳院《こうとくいん》——長谷の大仏もですか」

はっ、と火地さんは笑った。

「『太平記』や『鎌倉大日記』によれば、大仏の建っていた大仏殿自体が、建武《けんむ》元年（一三三四）と、応安《おうあん》二年（一三六九）の台風で倒壊したとあり、また『鎌倉大日記』は、明応《めいおう》四年（一四九五）の大津波で被害を受けたと伝えている。そのため長谷の大仏は、それから五百年を、雨ざらしで過ごすこととなった」

「五百年間、雨ざらし！」

「そうじゃよ。やがて高徳院も廃寺となり、大仏の胎内では賭博《とばく》・密会が繰り返され、荒れ放題になってしまった」

「そんな……」

「あんたは、そもそも『長谷』という名称の意味を知っておるのか？」

「いいえ。知っているような……知らないような」

いいか、と火地さんは、ぼくを見た。

「まず、長谷——『初瀬《はつせ》』は、『泊瀬』を意味している。つまり、舟泊まり場のことじゃ。その昔は、棺《ひつぎ》を舟型につくって葬《ほうむ》ったことから、葬場を舟泊まりに見立てたのだな。そしてこの習慣はといえば、海辺の住民が死者を水葬にした儀式そのものを、山間に持ちこんだものだ。やがて『泊瀬』は、『長谷』、『小長谷《おばせ》』、『小泊瀬《おはつせ》』、『姥捨《おばすて》』などと転訛《てんか》していったんじゃ」

「なるほど……」

大きく頷くぼくに向かって、

「とにかく」と火地さんは、面倒臭そうに言う。

「江戸時代後半ですら、そんな状況だった。また、若宮大路の近辺には、大正十二年（一九二三）の関東大震災の頃まで『水売り』が来ていたという。だから、その七百五十年以上も前の様子は、一体どんなだったか、何となく想像がつくじゃろう」

想像がつくじゃろう、と言われてイメージしてみたのだが、これはぼくの思っていた以上に、当時の鎌倉は凄い土地だったようだ。

ということは、強運の頼朝といえども、最初はなかなか厳しい出発だったというわけだ。そして、そんな頼朝本人に関しても――。

ぼくは尋ねた。

「亡くなる六年前、建久四年（一一九三）五月に行われた、富士の裾野の巻狩《まきがり》の事件は、実のところ、頼朝暗殺未遂事件だったんだといわれていますよね」

「間違いなく、そうじゃな」

火地さんは、またしても断定する。

「一応あの事件は、曾我《そがの》十郎祐成《すけなり》と、弟の五郎時致《ときむね》の兄弟が、父・河津《かわづ》三郎祐泰《さぶろうすけやす》の仇である工藤祐経《くどうすけつね》を討ったのだとされておる。そして、十郎はその場で討たれてしまい、五郎は頼朝の本陣まで迫ったが、御所五郎丸《ごしょのごろうまる》という男に捕らえられ、翌日に斬首された。そしてこの話は、日本三大仇討ちの一つとして『親孝行の美談物語として、これほど有名な仇討ち事件はない』と賛美された」

それはもちろん、ぼくも知っている。

ちなみに、後の二つは「赤穂《あこう》浪士の討ち入り」と「荒木又右衛門《あらきまたえもん》・鍵屋《かぎや》の辻」だ。

しかし――、と火地さんは言う。

「この出来事には、余りに不審な点が多すぎる。第一に、曾我兄弟がたった二人で、当時の頼朝の大きな陣に殴り込みをかけられるものだろうか。普通に考えれば、侵入した時点ですぐに斬られる。しかし彼らは、最終的に頼朝の寝所にまで突入した。一軍の総大将の寝室だぞ。果たして、物理的にこんなことが可能だったかのう」

「誰か内側から、手引きをした人間がいたということですか！」

ふん、と火地さんは言う。当たり前だろうという合図だ。

「彼ら二人は、仇討ちをするに当たって、箱根権現に祈願した。するとこの時、箱根権現の別当・金剛院行実《ぎょうじつ》は、十郎に太刀・微塵《みじん》丸を、五郎には薄緑《うすみどり》の太刀を与えて大願成就を激励した。この事実はどうじゃ」

「どうじゃ、と言われましても……それが？」

「本当にあんたは、物を知らんのう。その上、考えようとする努力を怠っておる。何の取り柄もない」

身も蓋《ふた》もないことを言う。

「……すみません」

謝るぼくを、火地さんは睨んだ。

「微塵丸は、かの木曾義仲《きそよしなか》の愛刀じゃ。そして、薄緑の太刀は義経《よしつね》の奉納《ほうのう》刀だ。つまり、どちらの太刀も、共に頼朝に対して恨《い》みを呑んでいる太刀だった」

ああ――。

ぼくは、絶句した。

後年、徳川家に害を為したという、妖刀「村正《むらまさ》」ではないが、それと同じ話だ。しかも、兄弟二人の内どちらかが、たまたま携《たずさ》えていたというのならまだしも、二人共に所持して使用したのだから……。

これは、最初からそのつもり――頼朝を狙ったのだとしか思えないではないか！

というよりどうしてこういった事実が、一般的に知られていないのだ。

それとも、一般的に流布しているが、ぼくが知らないだけなのだろうか。

そんな忸怩《じくじ》たる気持ちで唸っていると、

「また」と火地さんは畳みかける。

「仮名本の『曾我物語』には、実際にこの仇討ちには協力者がいたと書かれている。

というのも、この兄弟に、畠山重忠《はたけやましげただ》が贈った一首の和歌には、巻狩最後の夜、今宵《こよい》こそ仇討ちのチャンスである、と詠み込まれていたというのだからな」

若宮大路の宝篋印塔、畠山重保の父親だ。鎌倉武士の中の鎌倉武士といわれた。

「それに、頼朝の挙兵に最初から参加していた和田義盛《わだよしもり》などは、仇討ちをする兄弟を励まし、兄弟の後ろ盾になることを約束したという。ちなみに、この和田義盛は、二代執権・北条義時《よしとき》の時代に起こった『和田合戦』において、由比ヶ浜で敗死してしまうがな」

それは、ぼくも知っている。

義盛最期の場所は、現在の「和田塚」だ。江ノ電で鎌倉から一つめの駅、一の鳥居から少し西に行った所にある駅だ。

「さらに、永井路子《ながいみちこ》などの説によれば、それ以降、連続して不可解な出来事が起こったという。まず、平家追討の旗揚げ以来の有力な御家人の、岡崎義実《おかざきよしざね》と、大庭景義《おおばかげよし》が急に出家して、財産を失っている。そこで彼らは、実はクーデターを仕掛けていたのではないかというのが、永井路子の説だ。これは、わしも非常にあり得ると思っている。というのも、落命していないにもかかわらず、頼朝死亡という情報が、いち早く鎌倉に届いているからじゃ」

そうだ。

その報告を受けた政子が非常に落胆し、それを慰め勇気づけたために範頼は失脚し、そして自害、という羽目《はめ》に陥ってしまった……。

「それから六年後」

火地さんは続ける。

「頼朝は、暗殺された」

＊

高村皇《すめろぎ》は、相変わらずお堂に一人座り、静かに祈っていた。

その涼やかな横顔を見る限り、今鎌倉で起こっている出来事と関連がある人物には、とても見えなかった。只管打坐《しかんたざ》。ただひたすら瞑想に耽《ふけ》る、禅僧のようだ。

高村の祈りの声は、低く辺りの空気を震わせている。そしてその声が、

「オン・サラバ」

と途切れた時、それまでお堂の外縁廊下に正座して、じっと控えていた磯笛が、

「高村さま」と声をかけた。「先ほど、二の鳥居も倒壊致しました」

「うむ」

と高村は、例によって振り向きもせずに頷いた。

畏れながら——、と磯笛は廊下の床に両手をつく。

「一つ、お尋ねを許されますでしょうか」

「何だ」

「次の三の鳥居でございますが、あれが倒壊致しますと、鶴岡八幡宮の中の御霊・怨霊たちが、一斉にこの世に姿を現すのではないか、と」

「それがどうした」

「私は、あの中にどのような怨霊がいらっしゃるのかは存じませんが、そのようなものを……解放してしまって、よろしいのでしょうか」

「それが目的で、範頼《のりより》、頼家の霊を目覚めさせたのではないか」

それは充分に分かっている。

そして自分は、高村の命令ならば何でも聞く。しかし、実際に頼家たち怨霊の力を目の当たりにしてしまうと、正直、恐ろしくなった。

ふっ、と高村は笑った。

「臆《おく》したか、磯笛」

「いえ……。そのようなことは決して」

磯笛は両手をついたまま、深く頭を下げる。

「ただ――」

「何だ」

「頼家さまの怨霊と対峙《たいじ》した時でさえ、私の体は暗い世界に引き込まれそうになりました。そして今度、数々の怨霊が目覚めるとなると、私はともかく、私の眷属《けんぞく》の身がどうなってしまうか――」

「狐たちか」

「はい」

「諦めろ」

「え……」

「仕方のない話だ」

そんな――。

磯笛の両手は震え、冷たい汗が一筋こめかみを伝った。

「何とか……お救い願えませんでしょうか」

無理だ、と高村は相変わらず背中を向けたままで言う。

「眷属どころか、おまえ自身も自分で身を守るしかなくなる。弱者は歴史から消え去る。これが、いつの世も変わらぬ鉄則だ。磯笛――」

「はい」

「心が揺れるのなら、止めても良いぞ。おまえの代わりは、いくらでもいる」

「そっ、そんなことはございません！」声がうわずる。「私は、高村さまの命ずるままに」

磯笛は黒髪を震わせながら、白い額を廊下の床にこすりつけた。

＊

頼朝が暗殺された――？

ちょっと待て。

何となく風向きがおかしい。

ぼくは「鎌倉の大守護神」である頼朝についての話を聞きに来ているのに。

いつの間にか、頼朝暗殺の話になっている。

「あの」とぼくは恐る恐る尋ねた。「確かに、そんな噂は聞いたことがあります。でもそれは、あくまでも単なる噂で――」

「違うと言う意見を聞いてみたいほど明らかじゃ」

「で、でも、そんな話は正式な史書のどこにも書かれていない――」

かーっ、と火地さんは呆れ顔でぼくを見た。

「全く、あんたは頑迷固陋な男だな」

「い、いや、それは――」

火地さんでしょう、と言いそうになって、あわてて口をつぐんだ。そんなぼくに向かって火地さんは言う。

「歴史の真実は、史書の行間にある」

「えっ」

「文字になっていないこと、文書として残すことができなかったことこそが真実じゃ。史書を読んでみろ。どうか真意を読み取ってくれ、と文字の行間が訴えておる」

「しかし――」

「あんたは、話を聞きたいのか、帰りたいのか」

「き、聞きますっ」

ぼくが姿勢を正して向き合うと、火地さんは口を開いた。

「時期はちょうど、頼朝が激しい朝廷工作を仕掛けていた頃だった。しかし、長女の大姫入内《じゅだい》は失敗し、しかも朝廷内の親幕派だった甥の一条高能《いちじょうたかよし》が、若くして急死してしまった」

また「急死」だ。

ぼくが心の中で、鎌倉の歴史を思い起こしていると、火地さんは言う。

「そこで頼朝は、次女・乙姫の入内を謀ろうと、後白河《ごしらかわ》法皇の側室であり、同時に当時の朝廷内の実力者でもあった、丹後局《たんごのつぼね》に接近した。だから、頼朝のそんな工作を快く思っていなかった人々は、大勢いた」

つまり――。

「頼朝殺害の動機を持っていた人は、たくさんいたというわけですね」

「そういうことじゃ」

「確かに、『吾妻鏡』の、欠落の件もありますし」

「知っとるじゃないか」

と火地さんは頷いた。

やはり、とぼくは納得する。

『吾妻鏡』——あるいは『東鑑』は、治承四年（一一八〇）四月から始まり、文永三年（一二六六）七月まで、約八十六年間にわたる鎌倉幕府関係の出来事を、編年体で著している、幕府の『正史』とも呼ばれている史書だ。そしてこの『吾妻鏡』は、北条氏主導によって編纂されたというのが定説になっている。

ところがこの中で、幕府の歴史上非常に重要な出来事であるはずの初代将軍・頼朝の死に関しての、リアルタイムでの記述がない。建久七年（一一九六）一月から、頼朝が亡くなったとされる建久十年（一一九九）一月までの記録が、見事に欠落しているのだ。

「もちろん、所々の欠落は何ヵ所かある」

火地さんは言う。

「しかし、これほどすっぽりと抜け落ちているのは、この部分だけじゃ。しかもこの間には、今も話に出てきたように、長女・大姫の病死や、甥で親幕派公家の一条高能の突然死や、頼朝の子――但し、母親は政子ではないが――の忠頼《ただより》の急死と、そして頼朝自身の死という大事件が、相次いで起こっているにもかかわらずだ」

「でも、それに関しては昔からさまざまな意見がありますよ。本当に偶然その部分を紛失してしまったのだとか、その期間だけ記録されていなかったのだとか、その中でも一番有力とされているのは、頼朝の死因が『落馬』という、武士として非常にみっともないものだったから削除したのだとか――」

「『還路に及びて御落馬あり。幾程を経ず薨《こう》じたまひをはんぬ』――か」

「ええ」

ぼくは頷くと、資料を取り出して確認する。

『吾妻鏡』建暦《けんりやく》二年（一二一二）二月の条だ。

「二十八日、乙巳《きのとみ》。

（前略）去《い》ぬる建久九年、重成《しげなり》法師これを新造し、供養を遂ぐるの日、結縁《けちえん》のために故将軍家渡御《とぎょ》す。還路に及びて御落馬あり。幾程を経ず薨じたまひをはんぬ。重成法師また殃《わざわい》に逢ふ。かたがた吉事にあらず。（後略）」

つまり、去る建久九年に、稲毛重成法師がこの橋を新造して、その完成と、亡き妻の追善供養を行った日、結縁のために源頼朝が出かけられ、その帰りに落馬されて、間もなく亡くなられた。重成法師もまた、災いに遭った。いずれにしても吉事ではない――ということだ。そして、ここに出てくる重成の亡くなった妻というのは、政子の妹にあたる。またその他、頼朝の死に関して『吾妻鏡』には、建久十年（一一九

九）三月二日の条に、

「故将軍（頼朝）四十九日の御仏事なり」

とあり、そして同年三月十一日の条に、

「正月に幕下将軍薨じたまひ」

と書かれ、また、正治《しようじ》二年（一二〇〇）一月十三日の条には、

「故幕下周闋《しゆうけつ》の御忌景（一周忌）を迎へ」

などとあることから、現在、頼朝の死亡した日は、建久十年一月十三日であったとされている。享年は五十三。その場所は現在の、神奈川県藤沢市辻堂、八的《やつまと》ケ原《はら》の辺りらしい——。


「ですから」とぼくは火地さんに言った。

「確かに、この欠落に関しては非常に怪しい部分もありますけど、彼の死因に関しては、大体『落馬』ということで決着しているのでは——」

「その他には」

と火地さんは皮肉っぽく笑った。

「義経の亡霊に取り殺されたとか、安徳《あんとく》天皇の怨霊に呪い殺されたとか、あるいは家

臣に斬り殺されたとか、浮気に怒った政子に斬られたとか、その落馬にしたところで、それは日頃から恨みを持っていた連中に斬りかかられたから落馬したのだとか……色々とあるようじゃな。しかし、どちらにしても、武家の頭領である頼朝が『落馬で死亡』というのは、納得がいかん。その時、速駆けしていたわけでもあるまいに、ただ歩いていた馬から誤って落ちたとしても、命までは失わんのではないか」

確かにそうです……、とぼくは答えた。

「ですから、その時の頼朝は、体調がすぐれなかったのだという説も、数多くあります。明治の頃は、彼の年齢を考えると『脳卒中』だったのではないかという説が有力でした。また、『飲水《いんすい》ノ病に依《よ》り、御逝去』と書かれた史料もあることから、当時の頼朝は糖尿病を患っていて、落馬の際に体勢を上手くとりきれずに落命した——とか。とにかく、さまざまな説が百花繚乱《ひやっかりょうらん》で……」

困った表情のぼくに向かって火地さんは、白髪の隙間からギロリと大きな目を覗かせた。迫力がある、というより恐い。そして、

「そうかな」と尋ねてきた。「この、頼朝の最期に関しては、百花繚乱でも複雑怪奇でも盤根錯節《ばんこんさくせつ》でもないぞ。単純な話だ。あんたが口にした説を、素直にまとめれば良いだけじゃ」

「と言いますと？」

「頼朝の死因は『怨霊』『落馬』『斬殺』。これだけで、他の理由はない」

「……ですが、それはつまり？」

「本当にあんたは」

火地さんは大きく嘆息《たんそく》すると、厳しい目つきでぼくを睨んだ。

「自分の頭を使おうとせん男だな。その脳味噌の中には、確かにくだらん知識が一杯詰まっているようだが、全く使おうとしておらん。わざと怠《なま》けておるのか？」

「そっ、そんなことはないです、決して！」

ぼくはあわてて叫んだ。

「それこそ、一所懸命に考えているんですけど、何も思いつかないんです！」

「ちっとは努力せい」

「してますしてます。でも、ダメなんです」

「本当か？」

「神様と仏様と閻魔様に誓って」

かーっ、と火地さんは嘆息すると、大きく仰《の》け反《ぞ》った。そして、

「そのままじゃ」と言う。「おそらく、全部正しい」

「は？」

「その日、頼朝は『怨霊に襲われて、落馬したところを斬られた』。あるいは『怨霊に襲われたところを斬られて、落馬した』」

「……え」

きっとぼくは、腑抜《ふぬ》けのような顔になっていたと思う。

「全部足しただけで……そのままじゃないですか」

「だから、初めからそう言っておるじゃろう」

火地さんは怒鳴って、万年筆を手に取った。

「バカの相手はしておれん。もう帰れ」

「ちょ、ちょっと待ってください。お願いします」

ぼくはテーブルに両手をついて頭を下げた。

「今のお話、どういう意味でしょうか！　教えてくださいっ」

火地さんは、再び大きく嘆息した。そして眉根を大きく寄せてぼくを見た。

「怨霊に襲われたら、人はどうなる？」

え……、とぼくは必死に考える。

「き、恐怖でブルブルと震えて……心神喪失状態に……なります、多分」

「体が痙攣するな」

「当然、そうでしょうね」

「そうしたら落馬もする。そしてその場に敵がいれば、あっさり斬られもしよう」

「では、やはり頼朝は本当に怨霊に襲われたと？」

半信半疑で尋ねるぼくに向かって、火地さんは意外な言葉を投げかけてきた。

「それと同じような症状を引き起こす物がある」

「えっ」

「トリカブトじゃろうな、おそらくは」

あっ。

ぼくは頭を殴られたようなショックを受けた。

まさにそうだ。

そんな話をぼく自身が、彩音さんたちにしたではないか！　当時、普通に用いられていたと。

トリカブト――。

その成分は、アコニチン、メサコニチン、ヒパコニチンだから、体中が痙攣して不整脈を起こすはずだ。それはまるで、突如怨霊に襲われて、ガタガタと震えている様子に見える。また同時に口中がピリピリと痺れ、灼熱《しゃくねつ》感と共に、生唾がどんどん湧いてくるというから、当然うがいをしたくなるか――、
あるいは大量の「水を飲む」。

頼朝はおそらく、いや、間違いなく「一服《いっぷく》盛られた」のだ！

それが、トリカブト単味だったかどうかは分からない。それに当時のトリカブトにも、さまざまな種類があったと聞くから、天然成分の毒素である以上、当然その症状もさまざまだったはずだ。しかし、毒を飲まされた結果、落馬して斬られたか、あるいは、体が痙攣して意識が朦朧《もうろう》としたところを斬りつけられて、落馬して絶命した可能性は非常に高いが――。

ちょっと待て。

さっきぼくが見た白日夢は、この場面だったのか。

頼朝と意識を共有したわけではないだろうが、火地さんの話の結果を予測していたのか。ぼくは、ぶるっと身震いした。

「わしは――」

と火地さんは言う。

「おそらく、毒が効いてきた頃に襲われたのだと思う。きっと、脚などを斬られて落

馬。そして亡くなったのではないかとな。いや、これはもちろんわしの想像だが」

「では、その犯人は？」

「あんたは、本気でわしを怒らせたいのか」

「え……。あ、はい、自分で考えます、もちろん！」

「ということで」

と火地さんは、煙草に火をつけて美味しそうに一服した。

「頼朝は、鎌倉最大の怨霊になった」

頼朝が大怨霊？

ぼくは驚いて火地さんの顔をじっと覗き込んだが、この頑迷な老人は、煙草をぷかりと吐き出して涼しい顔をしている。冗談を言った気配など微塵も感じられない。

そこで、もう一度尋ねた。

「あ、あの……。今、何とおっしゃいました？」

「何が」

「い、いえ。頼朝が大怨霊だとか――」

「聞いておったじゃないか」

「もちろんですっ。で、では範頼や、頼家や、実朝は――」

「彼らも怨霊には違いないが、レベルが違うな。何しろ頼朝は、殆ど何もなかった土地から、これだけの街を、そして鎌倉の歴史を造り上げたんじゃ。だから逆に言えば、彼がここに現れて、鎌倉を壊してしまおうと思えば、一瞬で何もかもなくなるだろうな。鎌倉は、あっという間に、もとの泥湿地じゃ。蓮《はす》の花しか残らんよ」

その言葉にぼくは、氷の手で心臓をつかまれたような衝撃を受けた。

「しかし、頼朝がそんなことを考えるでしょうか。あの立派な鶴岡八幡宮に、きちんと祀られているわけですし」

「そうかね」

そうですよ！　とぼくは叫んだ。

「あと、これは有名な話ですけど、怨霊を祀ってある社殿へ通じる道は、たいていが大きく折れ曲がっていると聞いてます。熊野《くまの》大社とか、諏訪《すわ》大社とか。怨霊が一直線に飛び出して来ないように。それに比べたら、鶴岡八幡宮の参道から境内の道も、あんなに堂々と太く真っ直ぐじゃないですかっ」

必死に訴えるぼくに向かって、火地さんは冷静に尋ねてきた。

「頼朝は、鶴岡八幡宮のどこに祀られている？」

「えっ。いや、もちろん本宮《ほんぐう》……じゃないですね。本宮は、頼朝自身が勧請《かんじょう》したんですから。とすると、若宮《わかみや》か、今宮《いまみや》でしょうか」

「あの石段を六十一段上って、真正面の本宮に祀られているのは、応神《おうじん》天皇、応神天皇の姉神ともされている比売《ひめ》神、そして応神天皇生母・神功《じんぐう》皇后の三柱だ。また、石段下脇の若宮は、応神天皇の御子・仁徳《にんとく》天皇、仁徳天皇の御子・履中《りちゅう》天皇、応神天皇皇后・仲媛命《なかのひめのみこと》、仁徳天皇皇后・磐媛命《いわのひめのみこと》だ」

「え……」

　ぼくはあわてて資料の中から、鶴岡八幡宮の境内見取り図を取りだした。そして、

「じゃあ、こちらの今宮――」

「今宮は、後鳥羽《ごとば》天皇、土御門《つちみかど》天皇、順徳《じゅんとく》天皇ら、承久《じょうきゅう》の乱で流された天皇が祀られている。ちなみに、祖霊《それい》社は、歴代宮司や氏子、そして戦没者が祀られている」

「……では、頼朝はどこに？」

「ここじゃ」

　火地さんは、見取り図を指差した。

　それは、若宮の向かって右奥隣にある「白旗《しらはた》神社」だった。

「白旗神社は、その名の通り」と火地さんは言う。「源氏の旗の色を表している。ここでは、もともと実朝だけを祀っていたが、後に頼朝も合祀されたんじゃ」

「この小さな社殿ですか……」ぼくは説明書きを覗き込む。すると確かに、そう書かれていた。「本当だ。しかも――」

背中がゾワリとした。

表の参道から行くには、道を直角に折れ曲がらなくてはならないではないか。

それと、もう一つ。

怨霊を祀ってある神社の特徴として「川を渡る」というものもある。これは「あなた（彼岸《ひがん》）と私（此岸《しがん》）は、地続きではありませんよ」という意味を持っているらしい。「三途の川」も、同様の価値観なのかも知れない。

ちなみに、これら両方を兼ね備えている神社の代表が、大怨霊といわれている菅原《すがわらの》道真《みちざね》を祀る太宰府《だざいふ》天満宮《てんまんぐう》だ。天満宮の参道は見事に左九十度に折れ曲がり、その後、三回も橋を渡る――。

そして今回、鶴岡八幡宮の白旗神社。

参拝する道は二本あった。一本は完全に九十度に折れ、もう一本は六十度程度だが、やはり折れている。しかも、その二本とも、橋を渡る造りになっていた。

そして、この神社の神徳は「必勝・学業成就」の他にも「災難避け」。

これが何を意味するのかは、明白だ……。

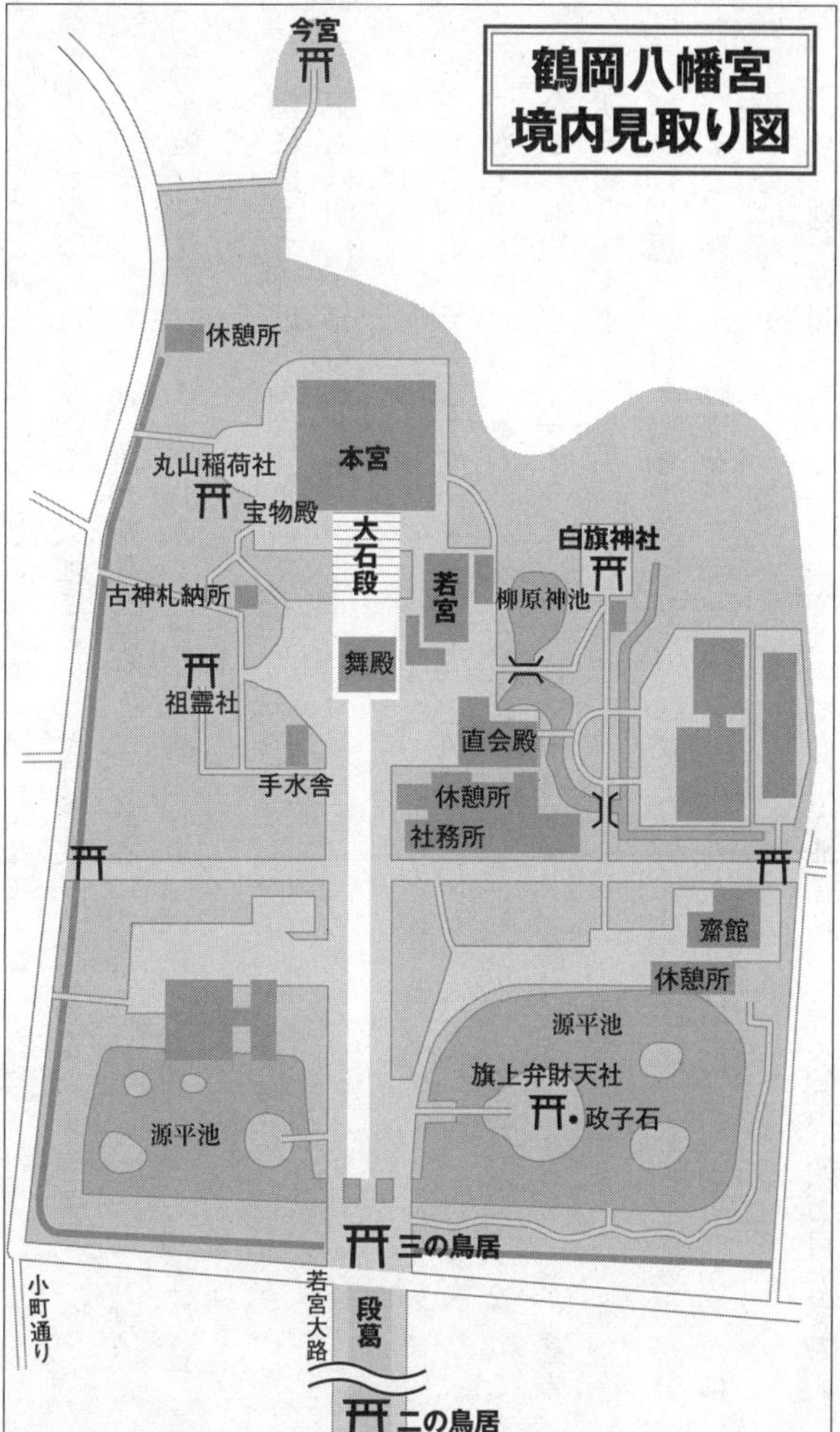

鶴岡八幡宮
境内見取り図
今宮
休憩所
本宮
丸山稲荷社
宝物殿
大石段
若宮
白旗神社
柳原神池
古神札納所
舞殿
祖霊社
直会殿
手水舎
休憩所
社務所
齋館
休憩所
源平池
旗上弁財天社
政子石
源平池
三の鳥居
小町通り
若宮大路
段葛
二の鳥居

そんなことを思いながら、じっと見取り図を眺めていたぼくに、

「色々と気づいたようだな」火地さんはニヤリと笑う。「良いことじゃ」

「で、でも——。一体、誰が頼朝を暗殺して、怨霊になどしてしまったんでしょう。鎌倉を、そして平家もできなかった武家政権を作り上げた、心優しそうな男を」

「バカか」

例によって火地さんは吐き捨てる。

「犯人は明白すぎるほど明らかじゃ」

それは——。

と再び尋ねそうになって、言葉を呑み込んだ。

「でも……」ぼくは、まだその図に目を落としたまま、忸怩たる思いで頷いた。「こんなことも知らずに、一体今まで何を見て来たのか……情けないです。しかも、その頼朝の顔も知らず」

ぼくは、思わず自分の頭を抱えてしまった。

今まで、きちんと歴史を学んできたつもりだったが、これでは何も知らなかったに等しいではないか。

いや、見たり聞いたりして知ってはいても、火地さんの言う通り、殆ど自力で考え

ることをしなかったのだ。ぼくの胸に物凄い自責の念が湧き上がって、余りにも情けなく、泣きたくなってしまった。

しかし。

今は、泣いている時ではない。

ここで、もしも鶴岡八幡宮の三の鳥居が壊されて、おそらくは活火山地下のマグマのように鬱積《うっせき》している頼朝の怨念が噴出してきてしまったら――。

ぼくらが最初考えていたように、範頼・頼家の怨霊とぶつかり合う、あるいは彼らを抑えてくれるなんていう話ではなくなる。共に暴れることはあっても、彼らを止めることなど絶対にない。

そして、頼朝の怨念が深く大きいことは容易に想像できる。何しろ、ゼロから鎌倉を造り、新しい日本を構築したにもかかわらず暗殺され、しかも殆どの人々は、その事実さえ知らないで過ごしているのだ。これでは、供養も何もあったものではない。

ぼくにしたって、顔さえ知らなかった――。

「最後に一つだけ良いでしょうか」

「もう、いい加減に――」

「修善寺なんですが！」

ぼくは火地さんの言葉を聞かないフリをして尋ねた。そして、彩音さんたちと修善寺をまわって来た話を伝える。最後に横瀬八幡宮も……。

「あんたは、修善寺修善寺とうるさいが、その地名の由来を知っているのか」

「は……」

またしてもぼくは、口ごもってしまった。

「い、いえ——」

そして「バカか」という言葉が返ってくるのを覚悟していたが、

「修善寺というのはな」火地さんは、普通に話してくれた。「日光の『中禅寺』と一緒なんじゃ。両方共に『鋳銭司《ちゅうせんし》』からきておる」

「……ということは？」

「貨幣鋳造《かへいちゅうぞう》じゃよ。つまり『鉄』の採れた場所じゃ」

といって、火地さんは説明してくれた。つまり、そんな場所——修善寺を、北条氏は押さえていたということだ。だから政子は、そこに自分の「下の病」を治療しに行っている。ということは——。

火地さんの話は続いた。

それを聞いていたぼくは、喩《たと》えでも何でもなく全身に鳥肌が立ってしまった。

これは大変な事態じゃないか！

ぼくは、あわてて資料を仕舞うと立ち上がった。そして火地さんに向かって、深々と頭を下げた。

「ありがとうございましたっ。また何かあったら、よろしくお願いします！」

「嫌《や》なこった」

火地さんは、苦々しい顔で万年筆を握った。

「あんたのおかげで、散々時間を無駄にした。これじゃあ、今日の予定は終わらん」

でも、とぼくは火地さんに笑いかける。

「火地晋《かちすすむ》って、とても良い名前ですね。本来の意味の他にも『勝ち進む』とも読めますし」

「ずっと、負けっ放しじゃい」と火地さんは吐き捨てるように言った。「あんたの方が良い名前じゃないのか。文字は少し違うにしても――福来《ふくらい》陽一、といったか」

火地さんは、もうぼくを見ていなかった。まっさらな原稿用紙に目を落として、万年筆でマス目を埋め始めている。

「まあ、一体何をドタバタやっておるのかは知らんが、とにかく頑張れ」

はい！　とぼくは再び頭を下げた。そして、

「本当に、ありがとうございました」

心からお礼を述べて喫茶店を飛び出したが、ぼくの頭の中は「頼朝暗殺」と「頼朝怨霊」という言葉が、ぐるぐると大きな渦を巻いていた。

＊

ぼくはすっ飛んで辻曲家に駆けつけた。

彩音さんが迎えてくれて、部屋に入るや否《いな》や、

「どうだった、陽一くん！」

と尋ねてくる。ぼくは、

「了さんもいらっしゃいますか」

と訊いたのだが、ずっと部屋に閉じこもって本を読んでいるという。

そこでぼくは、了さんにはまた後で伝えることにして、彩音さんと巳雨ちゃんに向かって、火地さんから聞いた結果を伝えた。

実は、源頼朝こそが鎌倉の大怨霊だった――。

「頼朝が怨霊？」彩音さんは切れ長の目を丸くして叫び、グリも彩音さんの膝の上で

「ニャンゴ？」と鳴いた。「ちょ、ちょっと待って、陽一くん」

彩音さんは一度息を呑む。そして真剣な顔つきでぼくに訴えた。

「何かの勘違いじゃないの！　だって、今も鶴岡八幡宮で鎌倉を見守ってる――」

「いえ、間違いないようです。ぼくらは、大きな勘違いをしていました」

そう言ってぼくは、火地さんとの会話を詳しく伝えた。しかしそれでも彩音さんは、半信半疑で首を振った。

「でも、まさかそんなこと――」

「ぼくも、ここに来るまでの間に、もう一度資料を見返してみたり、考え直してみたりしたんですけど、どうやら間違いないようです。それに昨日、鎌倉の殺戮史をお話ししたじゃないですか。それを、もう一度見たんです。そうしたら、あの時代の暗殺や謀殺には明らかなパターンがありました」

「それは？」

「ジョン・F・ケネディ暗殺事件です」

「えっ」

「昭和三十八年（一九六三）、テキサス州ダラスで、当時大統領だったケネディが暗殺されましたよね。そしてすぐに、犯人としてリー・ハーヴェイ・オズワルドが逮捕されました。しかしその二日後、彼は移送中に、ジャック・ルビーによって射殺されてしまいます。そのために、ケネディ暗殺事件に関する、さまざまな事実が闇の中に隠されてしまいました。そして何と、これと全く同じパターンが、ケネディ事件の八百年近く前の日本——鎌倉で使われていたんです」

「と言うと……」

はい、と答えてぼくは資料を取り出した。

「まず、文治五年（一一八九）には、あの義経が藤原泰衡《やすひら》に攻められて自害し、その泰衡は五ヵ月後に頼朝によって殺害されました。そして、建久四年（一一九三）に範頼を自刃に追いやった梶原景時は、その七年後の正治二年（一二〇〇）、三浦義村《みうらよしむら》らによって追い落とされた後、殺害されました。また、元久元年（一二〇四）の頼家暗殺に関わっているであろうと思われる、天野遠景《あまのとおかげ》も、その数年後に死亡しました」

「ああ……そうなのね」

「さらに有名なのは、三代将軍・実朝です。首を取った公暁《くぎょう》は、その日に三浦義村によって殺害されています」

つまり、と彩音さんは言う。

「Aを暗殺した、あるいは謀殺した犯人と考えられるBは、その後で必ず殺されているということね」

「そういうことです。口封じ、あるいは黒幕の正体を、闇の中に紛れ込ませるために――。そこで頼朝なんですが、まず建久四年（一一九三）の富士の巻狩で彼を襲った曾我十郎・五郎の兄弟も、すぐに殺されました。そして頼朝も、稲毛《いなげ》重成《しげなり》の催した『橋供養』に出かけて命を落とし、この暗殺事件に深く関与していたのではないかと考えられている、当の重成も六年後に殺害されました。ちなみに重成は、殺される直前に、畠山重忠・重保親子謀殺事件にも関与していました」

「なるほど……」

「だから、頼朝暗殺未遂、及び暗殺事件に関与している人間が、全員殺害されている件に関しては――『吾妻鏡』の記述が、ごっそり欠落していることも考え合わせて――間違いなく、口封じの意味があったと思われます」

「じゃあ、頼朝殺害犯は誰だというの？」

と彩音さんが尋ねた時、電話が鳴った。

「ちょっと待っていて」と彩音さんは受話器を取る。

「えっ……摩季が……」

病院からのようだった。

彩音さんの表情が、みるみる硬くなる。心なしか、受話器を持つ手が微かに震えている。そして、「……はい、すぐに伺います」と答えると送話口を手で押さえて、厳しい顔をぼくらに向けた。

「摩季が危ないみたい」

覚悟はしていたものの、膝がガクリと折れそうになってしまった。巳雨ちゃんを見れば、もう目を潤《うる》ませて口をへの字に結んでいた。必死に涙をこらえているのだ。

ぼくはいつものように、頭を撫でてあげる。

「心配しなくていいからね」

「………」

巳雨ちゃんは何も答えずに、ぼくにしがみついてきた。すると、彩音さんが唐突に声を上げた。

「摩季を、司法解剖に！」

そんなバカな。

ぼくは驚いて立ち上がる。

彩音さんは、そんなぼくを片手で制しながら、話を続けた。

「困りますっ。それだけは。何とか中止していただけないでしょうか！」

と訴え続けていたが、

「では……兄に伝えます。でも、もう少し待っていてください」

と肩を落として受話器を置くと、ぼくらを見た。

「摩季の遺体が、司法解剖に回されることになったたって。兄さんに報せてくる」

「どうして！」ぼくは大声を上げてしまった。「だって、それだけは止めてください
と、了さんがお願いしていたじゃないですかっ」

ぼくは、呆然と立ち尽くしてしまっていた。


やがて了さんが、部屋から出てきた。この家に籠もって、まだ半日しか経っていな
いのに、目の下にくっきりと隈《くま》ができていた。

「今、彩音から聞いた」了さんは言う。「実はさっき、あの刑事がやって来たんだ」

そして、その時の会話を伝えてくれた。

「やっぱりね」

彩音さんは、切れ長の目をさらに細めた。

「無理矢理にねじ込んだのね。全く、余計なことを」

「とにかく出発しよう」了さんは言って、洋服を着替え始める。「鎌倉の病院に行っ

て、それだけは中止してもらうように、直接掛け合ってみる。華岡刑事は、無駄だと言っていたが、とにかく話をして少しでも時間を稼ごう。巳雨も行くから、用意しなさい」

「うん」

「言っておくけど、余り泣くんじゃないよ。摩季は大丈夫だから——きっと」

「分かった……」

巳雨ちゃんは、泣きそうな声でコクリと頷き、お下げ髪につけたオレンジ色のリボンも、コクリと揺れた。

6

いよいよだ。

磯笛は、鶴岡八幡宮の大石段の上から、鎌倉市街を見下ろした。

遥か彼方に太陽が沈もうとしている。それは、これからこの地で起きる惨劇を予感させるような、真っ赤な血の色だった。

夕陽を眺めながら、石段をゆっくりと降りる。

降りきって左手、若宮の先。橋を渡って左に折れれば、初代将軍・頼朝《よりとも》と三代将軍・実朝《さねとも》を祀ってある白旗神社がある。そこに頼朝が眠っているのだが、参拝する人数は本宮と比較にならない。この鎌倉の基盤を造り上げたのは、彼らであることは誰もが知っているにもかかわらず……。

そんな感慨を抱きながら、磯笛は広い参道を正面の三の鳥居へと歩き、その立派な額束を見上げた。この大きな三の鳥居が倒壊すれば、この境内のパワーバランスが弾け飛ぶ。そして、鶴岡八幡宮の中に封じ込められている怨霊たちが目を覚まし、鎌倉の街へと飛び出して行く。

実はこの鳥居は、以前の関東大震災時に、二の鳥居と共に一度倒壊している。その時も、大騒ぎだったらしい。しかし、誰の怨霊も外に飛び出すことなく、どうにか事なきを得たという。そんな教訓を得て、現在はこうして朱塗りの立派な鳥居が建てられ、結界も張り直された。

しかし、それも後僅《あとわず》かのこと。

磯笛は、ほくそ笑んだ——が、やはり少しだけ体が震える。

これは大きな緊張感と、高村の期待に応えられるという至福の気持ちと、わずかばかりの恐怖感のせいだ。

今回、この鳥居の倒壊は、今までの倒壊とは違う。というのも、先ほど磯笛が、鶴岡八幡宮の結界を破っておいたからだ。

境内の八方に埋められていた結界を形作るための石——結界石を全て掘り出し、砕《くだ》ける物は砕き、そうでない物は、池の中に捨てた。たったそれだけのことでも、今、境内中が小さく鳴動《めいどう》しているのが分かる。

きっと誰もが、ここ数日来の余震だと勘違いしているだろう。愚かなことだ。

しかし、この鳴動が余震ではなかったと気づいた時は、全てが遅い。

だが、この街にどんな災厄が降りかかるのか、それは磯笛にも想像がつかない。ただ、間違いなく鎌倉は、頼朝たちがやって来る以前の状態、いや、ひょっとしたら更に荒廃した状態になる。

その昔——いや、明治の初期までは、由比ヶ浜近くの一の鳥居からここ三の鳥居までの一・二五キロメートルは、遮る物も何もなく一直線に見通せたという。もちろん現在のように、無礼にも参道を断ち切って走る横須賀線の線路もなかった。段葛の両側には民家も殆どなく、ただ漠々《ばくばく》たる草原と湿原が広がっていたという。

やがてすぐに、現在のこの街もそんな状況に戻り、それから先は……。

磯笛にも想像できなかった。

おそらく、高村には見えているのだろうが、自分如きモノには到底分からない。

そんなことを思っていると、

「……ケン……」

という微《かす》かな声が聞こえた。

夕闇に紛れて、境内の庭園の植え込みに女狐——白夜《びゃくや》がやって来たのだ。よく人目につかなかったものだ。

磯笛はそっと近づく。草むらの中に、白く細長い顔が覗いている。

「白夜……」

磯笛が名前を呼ぶと、白夜は心配そうな顔で見つめ返してきた。

実を言うと、この子だけは何とかして守ってやりたかった。しかし高村の話では、磯笛自身ですら危険にさらされるという。それほど大きな何かが、この街を襲うということなのだろう。

磯笛は、こっそりと人目につかぬように近づき、白夜の前にしゃがみ込むと、頭をそっと撫でてあげる。すると白夜は、気持ちよさそうに目を閉じた。

磯笛は、愛《いと》おしむように何度も彼女の顔や体を撫でる。本当は思い切り抱きしめたかったが、この場所ではそれもできない。もしかするとこの子は、本能的に危険を感じて最後のお別れにと、ここまでやって来たのかも知れない。

そう思うと、磯笛の胸は締めつけられるようで、鼻の奥がツンと痛んだ。

「白夜……」

しかし磯笛は、意を決したように立ち上がる。

そして、手にしている大きなバッグから「道反玉《ちがえしの》」を取り出した。それは、Tの字になっている小さく古い木の棒の先に、それぞれ一つずつ翡翠《ひすい》の玉がついている神宝だった。これで、範頼《のりより》と頼家《よりいえ》の怨霊を、この場所に招喚するのだ。

そういえば、元八幡――元鶴岡八幡宮で、この玉を取りだした磯笛の姿を盗み見たあの女子はどうしたか。まあ、おそらくもう生きてはいないだろうが……。

磯笛は鳥居に向かって歩く。

バッグの中には「頼家の面」も入っている。これを差し出して、自らの無念を思い出してもらい、この三の鳥居という結界を破壊してもらう。その後、三度この地に地震を呼べば、鳥居は完全に倒壊する。そこで、自分の役目は終了するのだ。

磯笛は目を細めると、段葛の両側に広がる夕暮れの鎌倉の街並みを眺めた。

＊

ぼくらは病院に到着するや否や車を飛び降りて、ＩＣＵへと向かった。

そして了さんが、ナースステーションで名前を告げると、看護師さんが辛そうに口を開き、摩季ちゃんが完全に心肺停止したことを告げる。

あっ、と彩音さんが両手の中に顔を埋め、その横では巳雨ちゃんがブルブルと震えていた。彩音さんの肩を抱き寄せながら、

「それで、摩季はまだこの部屋に？」

と尋ねる了さんに向かって、看護師さんは首を横に振った。

「いえ。すでに、霊安室に移動させていただきました。警視庁から刑事さんもいらっしゃって、速やかに警察へ搬送するように、と」

「ちょっと待ってください」了さんは、詰め寄る。「摩季の顔も見せていただけないんですかっ」

「いえ、それは……」

「最初は、何の事件性もないという話だった。それが急に司法解剖とは、一体どういうわけなんでしょうか」

「私は何とも……」

その時、担当のドクターがやって来た。看護師さんはホッとした顔で「先生、家族の方がお見えです」と助けを求める。

ああ、とドクターはぼくたちの前に立ち止まると、慇懃《いんぎん》な挨拶をしてから、摩季ちゃんの最期の様子を説明した。病院としましては最善を尽くしましたが、やはり摩季さんのバイタルサインは戻らず——。

そこで了さんはドクターに向かって、摩季ちゃんの遺体を引き取りたいと申し出たが、この件に関しては、もう何を言っても無駄のようだった。鎌倉警察の準備が整い次第、摩季ちゃんの遺体は搬送される手はずになっているらしい。そして一旦、警察の霊安室に安置された後、手続きを終えたら県立医大へと運ばれ、そこで司法解剖される。

了さんは当然、「せめて今、一目だけでも会わせてください」と訴えた。

現在は、この病院の霊安室に安置されているが、一旦警察に渡ってしまうと、面会の手続きがとても煩雑になる。家族といえども、基本的には解剖が終わるまで面会は許可されないからだ。そして、そうこうしているうちに、そのまま解剖に回されてしまう。だから、今ここでの面会が、事実上、最後になってしまう可能性が高い。

当然、それを承知しているドクターは、

「分かりました。余り時間は取れないとは思いますが、手続きをしましょう」

と言って看護師に通達した。

すると、

「本当に、摩季は死んでしまったんですか！」

彩音さんが、眉根を寄せて詰め寄った。

「私には、どうしても死んだようには思えないんです。間違いないんでしょうか」

「いや、お姉さん」ドクターは言う。「妹さんは間違いなく、お亡くなりになりました。しかし、あの状態で良くここまで持ちましたよ。ただ残念なのは、もう少し頑張っていただければ、みなさんがご臨終に立ち会えたのでしょうが……」

「私は」と彩音さんは、なおも食い下がる。「摩季は生きていると思っています。まだ、決して死んでなどいないと」

「こういう場面では」ドクターは、慰めるように何度も頷いた。「みなさん決まって、そうおっしゃいますが、先ほどきちんと確認致しました」

「でも、先生――」

「とにかく今、面会の手続きを取っていますから、もう少々お待ちください」

「あの……すみません」

了さんがおそるおそる口を開く。

「この子が、先生に一つだけお願いがあるようなんですが、よろしいでしょうか」

「何ですか」

「ほら、巳雨。お訊きしてごらん」

そこで、了さんに背中を押されるようにして進み出た巳雨ちゃんが、洟《はな》をすすりながら涙で一杯の瞳で、ドクターを見上げた。

「ねえ、先生。もしも、お姉ちゃんが起き上がって一人で歩けたら、一緒に連れて帰ってもいい？」

「あのね」とドクターは顔を引きつらせたまま、腰をかがめて巳雨ちゃんに言う。「残念だけどね、もう多分そういうことはないんだよ。あなたの気持ちは分かるけど」

「もしも、の話」

「もしも……」ドクターは嘆息しながら、背中を伸ばした。「そういうあり得ないことが起こったら……いいよ、一緒に連れて帰っても」

「ありがとう！」

巳雨ちゃんは、涙を拭いながら嬉しそうに叫んで了さんを見上げる。一方ドクターは「では」と悲しそうな顔で、ぼくらに一礼した。

ぼくらは、摩季ちゃんと対面する。

霊安室は、ガランとして薄ら寒かった。安置台の枕元に設けられている簡素な祭壇が、さらに部屋の空気を冷たく重くしている。

白いシーツにくるまってその台の上に横たわっている摩季ちゃんは、まだ生きているかに思えた。ただ、顔の色が普段にも増して白く透き通っているだけで。

ぼくらが、摩季ちゃんの横に寄り添うように並ぶと、了さんが、全員の顔を見た。

そして、いつもと変わらない落ち着いた口調で、囁《ささや》くように言う。

「さて、先生の許可も下《お》りたし、みんなで一緒に帰るとしようか」

その言葉に、ぼくらは大きく頷いた。

＊

「辻曲摩季の遺体が消えただと！」

華岡は電話口で思わず叫んでいた。

先ほど検死官の都合がついて、今夜中に司法解剖に回せる手はずが整った矢先のことだった。

「おいっ。一体、どういうことなんだ！」

怒鳴《どな》る華岡に向かって、確認のために病院に出向いた久野《くの》刑事が、電話の向こうで戸惑いを隠せないまま答える。

「突然息を吹き返したらしく、自力で歩いて病院を出て行ってしまったようです」

「自力で歩いてだと？」

「はい……」

「寝惚《ねぼ》けてるんじゃないのかっ」

「い、いえ、自分が目撃したわけではありません。何人もの病院関係者の証言で」

「しかし、きちんと死亡が確認されたはずだぞ」

「その点に関しては、間違いないそうです。血圧、呼吸、脈拍のバイタルサインは、どれもゼロ。対光反応なし。担当のドクターが、自ら確認したと証言しております」

「それが急に、一人で歩けるようになるまで復活した？」

まるで、ゾンビのように——という言葉は呑み込んだ。

「蘇生《そせい》したというのかっ」

「そうとしか考えられません」

そんなバカな！

華岡は心の中で叫んだ。

バイタルサイン測定の精度が低かった昔ならば、確かにそんな話を聞いたことがある。死んだと思っていた人間が、実は仮死状態で、埋葬した土中から蘇《よみがえ》る。いわゆる、ゾンビだ。しかし現在、その確率は限りなくゼロに近くなっているはずだ。事実、最近はそんな話を耳にしたことがない。

とすると——。

「誰か、病院に訪ねて来た人間は？」

「家族の方が見えました。お兄さんとお姉さん、それに妹さんの三人が」

「その三人だけかっ」

「はい。間違いありません。病院関係者に確認済みです。そして、彼らが帰った後で看護師が霊安室を覗くと、部屋のドアは大きく開け放たれて、中には誰もいなかったそうです。ええと――」

久野は、焦りながらメモを読み上げた。

「それまで遺体が置かれていた安置台の上には、シーツが丁寧に折りたたまれて載せられていただけで、まるで最初からそこには誰もいなかったかのようだった――と証言しております」

「何だと！ ということは、辻曲の家族がその遺体を運び出したってことか」

「いや、警部補。重々ご存じとは思いますが、遺体を運び出すと言っても――」

もちろんそれは、百も承知。

そう簡単にはいかない。意識のない肉体は、想像以上に重いからだ。歩かせるといっても、よほどの体重差がないと両側から支えきれないし、最低でも背負うか、あるいはストレッチャーか車椅子に乗せなくては不可能だ。しかし、

〝自力で歩いて出て行っただと〟

「見間違いじゃないんだな」

「いえ、それが実は……」久野は言い淀《よど》んだ。「この件に関しまして、更にちょっと変な話が」

「何だそれは」

ええとですね、と久野は言いづらそうに伝える。

「先ほど自分は、辻曲摩季が歩いて病院を出て行った、と言ったのですが、目撃した関係者によりますと、その……」

「どうした？」

はあ、と久野は脱力したように告げた。

「もっと具体的、正確に言いますと、床の上、数十センチの所を、フラフラと浮遊するかのように移動して行った、と」

「なにい」華岡は電話のこちら側で、呆けたような顔になった。「床の上を？」

「はあ……」

幽霊のようにか、という言葉も呑み込んだ。

「どういう冗談だ、それは」

「いや……自分には、何とも全く。ただ、彼女の姿を見かけた看護師三人が三人ともそう証言しておりまして……」

「三人で一緒に見たのか」

「いいえ。全く別々の場所で目撃したそうです。それぞれ院内の廊下と、受付と。それで、そのうちの一人の看護師の証言によりますと、辻曲の小学生の女の子が『先生の許可をもらったから、お姉ちゃんを連れて一緒に帰るの』と、嬉しそうに出て行った、と」

「何だとお」

「そこで自分は担当医に話を聞いたんですが、確かにそうは言ったものの、まさかこんな……と、青い顔で絶句しておりました」

ふうっ、と久野は電話の向こうで嘆息した。

「どう思います、警部補」

どう思うと訊かれても、こんな質問には答えようがない。単なる見間違いに決まっている。もしくは了が、催眠術のようなものでも使ったか。

いや。あの、おっとりとした了が、そんなシャレたことができるとは思えない。それに、三人の看護師が、それぞれ別々の場所で目撃しているのだから、一人一人個別に術をかけて行かなくてはならない。とすると——。

〝本当に、自力で歩いて行ったのか〟

バカな。

華岡は自分の妄想をすぐに否定する。

辻曲了の言葉ではないが、この世に幽霊やゾンビなどいてたまるか！

〝遺体が、一人で歩いて移動するなんて、冗談じゃない〟

そう思った瞬間、華岡は、ぶるっと身震いした。

〝これは……〟

七年前の事件とも言えない事件。

警察が駆けつける寸前で、遺体が消えてしまった事件。

華岡は、自分の直感の正しさを確認した。予想通り、やはり辻曲了だ。あの男が、何かを仕掛けた。おそらくあの時と同じように、遺体をどこかに隠したのだ。

そして、その動機は——分からない。

何故だ。判然としない。

だが華岡は久野に「分かった」と答えて、受話器を叩きつけるようにして電話を切ると、イスに大きくもたれかかった。この際、徹底的に洗ってやる。

華岡は、大きく腕組みをすると、憎々しげに歯を食いしばった。

＊

摩季ちゃんの遺体は、以前に四宮先生関係で知り合った、大船《おおふな》の月山《つきやま》葬儀店に頼んで、少しの間預かってもらうことになった。

車の中から電話を入れて、無理矢理頼み込む了さんの話を聞き、社長の月山さんは、快く引き受けてくれたのだ。

「病院から遺体を盗んできたのかよ！」

了さんの話が終わると、月山さんは楽しそうに笑った。月山さんは、とても葬儀店を営んでいるとは思えないほど、明るく豪快な喋り方なのだ。

「まるで妖怪——火車《かしゃ》みたいだなあ。さすが、あの四宮先生の知り合いは、やることが一般人とは違うねえ」

「面倒をおかけしますが」

申し訳なさそうに頼む了さんに、月山さんは、

「構うことはないよ」あっさりと答えた。「幸い今、うちの遺体保管所に、一つ空きがある。そこに安置しておけば大丈夫だよ」

「それじゃ、今から伺いますので、よろしくお願いします」

そう言って携帯を切ると、了さんは巳雨ちゃんを見た。

「巳雨は、どうする」

「お姉ちゃんと、一緒にいる」巳雨ちゃんは即答した。「陽ちゃんも、いてくれるし」

「了解」了さんはエンジンキーを回す。「こっちは、ぼく一人でも大丈夫だから。彩音たちを鶴岡八幡宮まで送ったら、そのまま大船へ向かうよ。さて、病院が騒がしくなる前に、さっさと移動することにしよう」

了さんは、アクセルを踏み込んだ。

結局、ぼくらは、このまま鶴岡八幡宮へ向かうことにしたのだ。これからそこで何が起こり、ぼくらに何ができるのかは、全く想像もつかなかったが、ただ漫然と眺めていることはできない。だから鶴岡八幡宮、三の鳥居まで行く。

巳雨ちゃんが一緒にいるのは少し心配だったけれど……とにかくそう決めたのだ。

鎌倉の街は、暮れなずんでいた。

綺麗な夕陽が西の空を茜色に染めて沈もうとしている。そんな美しい景色を眺めていても、ぼくの胸は嫌な予感に早鐘を打ち始めていた。

「頼朝が、大怨霊だって？」

アクセルを踏みながら、了さんが尋ねてくる。彩音さんが、先ほどのぼくの話を伝えたのだ。

「殆ど時間がないが、簡単にその話を聞かせてくれないか」

「そうね」彩音さんも同意した。「もしかしたら、頼朝と対決しなくちゃならないかも知れないから」

「やめてくださいよ、縁起でもない!」ぼくは本気で訴える。「そんな恐ろしいこと、できるわけないじゃないですか。ぼくなんか、彼の鼻息一つで地獄まで飛ばされちゃいますよ」

「とにかく、兄さんに話しておいて」

はい、と答えてぼくは急いで話した。了さんも最初はやはり凄く驚いていたが、最後になって納得してくれた。

「確かにそうかも知れない」

了さんは前を見つめたままで言った。

「頼朝が、時政の傀儡《かいらい》だったという話は、昔からあるしね。それに時政は、それくらいのことはやりかねない男だ。事実、蛭ヶ島にいた時代には、政子と関係を持ってしまった頼朝を、本気で殺そうとしている」

「時政が、頼朝を？」

尋ねる彩音さんに向かって、了さんは頷いた。

「そうだよ。伊豆山神社の話も、身の危険を察知した頼朝が神社に逃れ、それを政子が追ったのではないかともいわれているんだ。時政にとって頼朝は、便利だけれど憎々しい男だったんだろうね。だから、一般的に良く言われる、頼朝は冷酷な男だったという説も、時政たちによってかなり創作されてしまっている可能性はあるね」

ああそうです、とぼくは思い出して一枚のコピーを差し出した。

「そういえば、これが火地さんの言っていた、甲斐国・善光寺にあるという頼朝の木像です」

彩音さんがそれを受け取り、了さんも横目でチラリと見た。

「本当だわ」彩音さんが言った。「落ち着いていて優しそう。あの有名な肖像画とは、全く違う」

「そうだね」了さんも頷く。「あれほど冷たい仕打ちを加えた義経に関しても、最初からそんなことをするつもりではなかったという説もあるんだよ」

「そうなんですか」

「ああ。その証拠に頼朝は、平氏を滅亡させたすぐ後で、義経の功績を評価して、国司補任《ぶにん》を朝廷に上奏している。また、寿永三年（一一八四）九月には、河越重頼《かわごえしげより》の娘との婚儀も、きちんと実現させてやっているしね」

「じゃあ、どうして義経にあんな仕打ちを？」

「それこそ――原因は、時政じゃないか」

「時政……」

「頼朝の異母弟・義経の出現を、最も苦々しく思ったのは時政なのではないかという説がある。『源平盛衰記』にある『鎌倉殿仰せけるは、九郎が心金は怖しき者なり』という言葉は、時政の心の声だったとね。つまり、頼朝のバックにいた時政が、義経の存在を嫌った。そこで彼を奥州へ追いやって、殺害してしまった」

「すごい悪党ね」

「了さんのお話は、とても納得できます」

ぼくは言った。

「ただ……時政を庇うつもりは全くないんですけど……実際に彼の立場としてみれば、仕方ない部分もあったと思うんです。というのも、当時の鎌倉幕府に結集した東国武士たちは、幕府を『一揆《いっき》』――つまり、現在で言う『組合』と考えていたといいますから。だから、そこからはみ出してしまったり、一歩抜きん出てしまったりした人物のことを『独歩《どつぽ》』と呼んで、組織から排除しようという傾向があったといいますからね」

「義経はもちろん、梶原景時や、比企能員《ひきよしかず》や、畠山重忠などの人たちのように」

ええ、とぼくは答えた。

「つまり、鎌倉幕府という組織は、決して頼朝や源氏の旗の下に結集していたわけではなかったんです。単に、自分たちの利益を守ってくれる『組合』に参加していた」

「一所懸命、のためにね」

「まさに、そうだと思います」

それで、と彩音さんも言う。

「人の良い頼朝が、担ぎ上げられたというわけ」

「利用されたんでしょう」

「確かに、こんな感じの人いるわね」彩音さんは頼朝の顔を見た。「おっとりしていて、ちょっと女性にだらしないタイプ」

「頼朝の女性好きも、有名だったね」了さんがつけ加えた。「英雄色を好む、じゃないけど、そのたびに政子が強烈に怒った。事実、頼朝が蛭ヶ島に流されていた頃につき合っていた亀の前は、頼朝の希望で鎌倉に呼び寄せられたが、政子の『うわなり打ち』――つまり、先妻が後妻をねたんで痛めつける――で散々な目に遭わされたし、比企能員の妹・丹後の局は、頼朝の子を宿したばかりに、由比ヶ浜で危うく謀殺されかかった。その他にも、鎌倉党の非人の女性に手を出して子供を作り、大騒ぎになったんだろう」

ああ、と彩音さんが言った。

「それが御霊神社の祭、『面掛行列《めんかけ》』というわけね」

「詳しいね、彩音も」

「摩季と二人で、見物に行ったことがあるのよ。とても変わったお祭があるから、一緒に行こうって誘われて。あの子は、昔からそういう変わったお祭が好きだったでしょう。そうしたらその神社では、妊娠してお腹が大きくなった女性を中心にして、さまざまな鬼や怨霊たちが街を練り歩いていた。初めて見てびっくりしたから、良く覚えてる」

「それが、頼朝の浮気の結果を訴えていた祭事だったというわけか」

了さんは頷きながら、鳥居の前で車を停めた。

「さあ、着いたよ。じゃあ、後はよろしく頼む。気をつけて」

「兄さんもね」

彩音さんが心配そうに答えて、ぼくらは了さんの車を降りる。

殆ど同時に、摩季ちゃんの遺体を乗せた了さんの車は、猛スピードで走り出した。

病院から警察に通報されて大騒ぎになる前に、鎌倉を抜けなくてはならないが、

「こんな所で捕まるわけにはいかないよ。それに、裏道を知っているから大丈夫」

と、了さんにしては珍しく大胆に笑った。


車を見送ったぼくらが、三の鳥居をくぐろうとすると——。

大きな朱色の鳥居の下に、沈みそうな夕陽に長い黒髪を燦《きら》めかせながら、一人の女性が立っていた。年齢は摩季ちゃんと同じくらいか、それよりも少し上。白い面長の顔と紅い唇の綺麗な顔立ちだったが、目つきが異様に冷たく鋭かった。

その視線が、彩音さんと正面からぶつかる。彩音さんの目が、すうっと細くなる。

巳雨ちゃんも、ぶるっ、と小さな体を震わせた。

ぼくらは、ゆっくりと慎重にその女性に近づく。女性も、険しい目つきでぼくらを見据える。とても冷たい刃物のような視線だ。

「あなたね……」彩音さんは静かに口を開いた。「この事件の犯人は」

はい？　と女性は、ぼくらを見て小首を傾げた。そして、

「何のお話でしょうか」穏やかに答える。「何か、人違いでは？」

「とぼけても無駄」彩音さんは嗤《わら》った。「申し訳ないけど、私は感じるの」

「それはどうも」女性は微笑む。「何を感じていただけたのかは、私には分かりませんけれど」

「あなたは、ただの『人』じゃないわね」

「そういう、あなた方も。個人的には非常に興味を惹かれるのですが、あいにくと私は用事がありますので」女性は、一礼した。「それでは失礼します」

「待ちなさい」彩音さんは、きつく命令する。「この鳥居も壊すつもりなのね。そうはさせない」

「何のお話か――」

「誤魔化してもダメだと言ったでしょう」

「そうなのですか」女性は、蠱惑《こわく》的に笑った。「それでは仕方ありませんね」

「止《や》めなさい。そのバッグを下ろして」

「私の勝手です。見ず知らずのあなた方に、命令されるいわれはありません」

「あなたの名前は、知っているわ。由比ヶ浜女学院一年の、大磯笛子《ゆうこ》」

「それはまた、よくご存じで。でも、私はあなた方を存じ上げませんが」

「私は、あなたに殺された辻曲摩季の姉」

「摩季さんが、お亡くなりに？」

「つい先ほど、病院でね」

「そうでしたか」笛子は、いかにも悲しそうな顔を見せた。「それはご愁傷《しゅうしょう》様です」

止めて、と彩音さんは嗤う。

「わざとらしい演技は、たくさん」

「そんなことはありません。心からお悼《いた》み申し上げます」

「あなたは、これ以上、摩季のような犠牲者を増やしてどうするというの？　この鎌倉を壊して、あなたは一体何が望みなの。一体、誰にどういう恨みがあるの」

さあ、と笛子は黒髪を風にサラリとなびかせると、まるで甘えるように、困惑した顔で答えた。

「それは、私にも分からないのです」

「何ですって」

「私はただ、あの方に命じられるまま動いているだけなので」

「あの方？　それは誰」

「あなた方に教える義理も、その必要性もありません。私は、あの方の忠実な僕《しもべ》。磯《いそ》笛《ぶえ》と申します」

「磯笛……？」

「はい。よろしく」

女性が胸を反らせて微笑んだ時、巳雨ちゃんがぼくの腰に、ぎゅうっとしがみつきながら叫んだ。

「狐さんね！」

その一言で、磯笛の顔色がサッと変わった。

「何ですって」憎悪に燃える目で睨み、しかし優しい口調で巳雨ちゃんに語りかける。「今、何と言ったの？」

「あなた、本当は狐さんなんでしょう！」

ぼくの後ろに隠れて叫ぶ巳雨ちゃんを、憎々しげに見つめると、磯笛は、

「狐だとして……」ゆっくり近づいて来た。言葉は静かだが、握り締めた手が震えていた。「それの、どこが悪いと言うの」

「狐さんは悪くないよ。悪いのは、あなた！」

「なにっ」

磯笛は血の気が引いたように青ざめ、両方の目は吊り上がる。気のせいだったが、

紅い口が大きく裂けたように見えた。そして、突然ダキニのような凶暴な顔つきになって巳雨ちゃんを睨みつけた。

「狐に食われたいか」

「止めろっ」

巳雨ちゃんの前に立ちはだかって庇うぼくに、磯笛は眉をしかめた。

「なんだ、おまえは？　関係ない奴はどいていろ」

「悪いがどかない」

「ふん。つまらぬ輩がしゃしゃり出てきたな。いいからどけ」

磯笛は、先ほどまでの穏やかな態度を捨てて、邪悪な眼差しで命令してくる。

「その子供を渡せ。このまま、私の可愛い狐の餌《えさ》にしてくれる」

「ふざけるなっ」ぼくは、その異様な変貌《へんぼう》に驚きながら叫び返した。「おまえこそ、消え失せろ！」

そんなぼくらの諍《いさか》いを、通行人が恐る恐る眺めながら歩いて行く。これ以上、大事《おおごと》にしてはまずいと感じたのか、磯笛は、

「ふ……」とぼくらを睨みつつも、黒髪を掻き上げて立ち止まった。「まあ、いいわ。どちらにしても、この鳥居が崩れるまでの命ですもの」

「止めなさいっ」今度は彩音さんが、一歩前に出た。「これを壊してどうするの。大怨霊・源頼朝が解き放たれるのよ。分かっているの！」

「頼朝が、大怨霊？」

そうだ、とぼくも叫んだ。

「源頼朝こそが、鎌倉の大怨霊だったんだ。そして、その彼を封じ込めてあるのが、この鶴岡八幡宮だった。今ここで、詳しく説明している時間はないが」

「何を、支離滅裂なことを言っているの」

「本当だ。信用しろっ」

「どうして私が見ず知らずの、しかもおまえ如き輩の言うことを聞かなくてはならないの？　それに、おまえの話が嘘だろうが真実だろうが、どちらにしても関係ない。私はただ、あの方に命じられた通りに動くだけ」

「とにかく止めろっ。頼朝の霊を起こすんじゃない」

「残念ながら私には、おまえの命令を聞かなくてはならない理由はない」

「命令なんていう、そんな話じゃない。とにかく、頼朝の霊を目覚めさせてはダメだ！」

「ずいぶん偉そうに言うけれど」磯笛は、シニカルに笑った。「仮に頼朝が怨霊だとして、最初からそれを知っていたの？」

「え……」

「彼が怨霊として恨みを呑んで亡くなったことを、きっと知らなかったに違いない。知っていれば、もっと早く行動に移していたでしょうからね」

「それは……」

言いよどむぼくに代わって、彩音さんが言う。

「そう。今まで知らなかった。でも、きちんと学んだの。だから、もう止めなさい。これ以上、罪もない人たちを巻き込むことは許さない」

「罪もない人たち？」

磯笛は、キョトンとした顔でぼくらを見た。

「そんな人間が、この世にいるのでしょうか」

「えっ」

「この場にいる大勢の人間たちに訊いてみてください。もしもあなたたちの言うように、頼朝が怨霊だとしたらなおさら、この中の一体何人がこの場所に頼朝を、そして実朝を供養しに来ているのか。おそらく誰もが、自分の欲求を満たすことしか考えていない。それは罪ではないとおっしゃるの」

「それでも良いのよ！　神は、その願望を叶えてくれようとする」

「でも、順番が逆でしょう」

磯笛は、冷たく言い放った。

「それならばまず先に、その相手を供養するのが礼儀。それが常識というもの。自分たちの些末《さまつ》な願望は、その後にするべき。しかし彼らは、一方的に自分の欲望だけをお願いして帰って行く。しかも、お賽銭《さいせん》を乱暴に投げ込んでね。そもそも——」

磯笛は皮肉に嗤う。

「お願い事をするのに、その相手に向かってお金を投げ与えるなんて酷い話。相手を全く敬《うやま》っていない証拠」

「今は、そんなことが問題なんじゃない！」ぼくは叫んだ。「それに、だからといってそれが、今ここの鳥居を壊して、頼朝の怨霊を解き放って良い理由にはならない」

「どうやら、話がかみ合わないようね」

磯笛は微笑みながら鳥居に近づくと、手にしていたバッグを開いた。

「止めろっ」

と、ぼくが彼女に駆け寄ろうとした時、

「ケン……」

という、背筋《せすじ》が冷たくなるような鳴き声が聞こえた。ぼくが振り返ると、境内の庭園の植え込みの中に、赤く光る目が見えた。

狐だ。

しかもその狐は、憎々しげな目つきで口の両端を吊り上げ、鋭い牙を光らせながらこちらを睨みつけていた。さっきの言葉は、ただの脅しではなかったのだ。

思わず足を止めてしまったぼくを冷ややかに見つめながら、磯笛は、バッグからお面を取り出した。

あっ、とぼくは目を見張る。それはまさに、修禅寺の宝物殿で盗難に遭った頼家の面ではないか。それは、ぼくが夢で見たあの顔だ。

漆でかぶれて、ゴツゴツと赤く膨れあがってしまった顔。

巳雨ちゃんいわく、淋しい怨霊の顔——。

さらに磯笛は、キラキラと光る物を取りだした。

「道反玉《ちがえしの》!」彩音さんが叫ぶ。「どうしてそんな物を」

「あら。やはりご存じでしたか」磯笛は、妖艶に微笑んだ。「あなたの妹も、元鶴岡八幡宮でこれを見て驚いていたみたいだったけど」

「なんですって!」

と彩音さんが驚いた時、磯笛は道反玉を手に、頼家のお面に向かって何か呟いた。

「止めなさいっ」

思わず彩音さんが駆け寄ろうとしたが、
ドン、
という下から突き上げてくるような衝撃が起こった。そして、グラリ、と大きく地面が揺らぐ。カラスがギャアギャアと異様な鳴き声を上げて梢から飛び立ち、街中からも声が上がる。若宮大路を走っていた車は、急ブレーキをかけて次々に停まり、電線が右に左に揺れた。

「危ないっ」

彩音さんが叫ぶ。

三の鳥居が、ビシッ、と乾いた音を立てたのだ。

ぼくは巳雨ちゃんを抱きかかえるようにして、彩音さんと一緒に鳥居から離れた。見れば鳥居の柱に、大きくひびが入り、額束《がくづか》が、ぐらりと大きく傾いた。ミシリ、と嫌な音がして笠木《かさぎ》が割れ、そのまま落下してきた。

「倒れるわ！」

近くにいた観光客も、みな大慌てで走っていた。しかし、どこにどう逃げたら良いのか分からず、てんでばらばらに、蜘蛛《くも》の子を散らすように走る。ぼくらもどうすることもできず、ただじっとその場で見守っていたが――。

鳥居は笠木を半分落としたけれど、揺らぎながらも何とかまだ立っていた。

「ふん。倒れなかったか」磯笛は、憎々しげに言った。「頼家の力も、ここまでね」

そしてバッグの中から、オイルライターを取り出すと、軽やかな音を立てて蓋を開け、ボッと火を点けた。

「こんなこともあろうかと、念のために用意しておいて良かった」

「何をするんだっ」

「昨夜から仕掛けておいた火薬で、笠木と島木を爆破する」磯笛は笑う。「そうすれば、鳥居は勝手に焼け落ちる」

「焼け落ちる？　コンクリートの鳥居が？」

「そうよ。見ていなさい」

磯笛は、島木から伝っていた導火線にライターの火を近づけた。

「止めろっ」

ぼくは磯笛に駆け寄る。しかし足を取られて転んだ。この地震のどさくさに、狐が植え込みから飛び出して来て、ぼくの足に嚙みついてきたのだ。

ぼくは呆然と狐を見た。

こいつは、ただの野生の狐ではない！

必死に狐を引きはがそうと格闘しているその隙に、磯笛は導火線に火をつけた。

ジジジ……という小さな音を立てて、炎は導火線を一気に伝い上がり、島木に到達する。

ぼくらの頭上で大きな爆発音が響き渡り、鳥居の破片がバラバラと落ちてきた。そ
れと同時に、目を疑うような現象が起こった。立派な三の鳥居が、炎に包まれたのだ。紅蓮《ぐれん》の炎が、オレンジ色の龍のように柱に絡みつく。

そして鳥居は、磯笛の言う通り、まるで木の柱に戻ったかのように爆《は》ぜながら燃え始めた。

「バカな……こんな現実が」

呆然と立ち竦むぼくに向かって、磯笛は声を立てて嗤う。

「おまえたちは、この世の本当の姿も知らないくせに、すぐに『現実』がどうのこうのと言う。教えてやろう。これが『現実』だ。よく見極めろ！　もうすぐこの鳥居は崩れ落ちる」

「何ということを！」ぼくは声を上げたが、もう遅い。「彩音さんは、消防署に連絡

をつ。ぼくは水を汲んできます！」

と叫んで、どうにか狐を蹴飛ばして走り出そうとした時、境内の奥から想像を遥かに超えた大きな波動が押し寄せてきた。

それはまるで、広い境内中の空気を堅く圧縮したような激しい力だった。

境内のあちらこちらで声が上がる。誰もが突風に弾き飛ばされたように倒れた。ぼくも再び足をすくわれて、その場に転がる。転がりながら鳥居の方を見ると、磯笛も火を手にしたまま勢いよく飛ばされ、燃え上がる鳥居の柱に体を打ちつけて「ぎゃっ」と叫んで昏倒《こんとう》した。

周りで騒ぎ出す人々の声が聞こえる。おそらく、地震なのか突風なのかの区別もつかず、何がなにやら分からぬうちに地面に転がっているという状況なのだ。

彩音さんが携帯を取りだして一一九番通報した時、火のついた破片に囲まれた磯笛が、額から血を流しながら巳雨ちゃんに向かって手を伸ばし、

「お願い、助けて……」

と、今にも気を失いそうな声で呻《うめ》いた。

青ざめて震えるその姿を見た巳雨ちゃんが、

「大丈夫っ？」

と叫び、彩音さんの手をすり抜けて磯笛に向かって走った。

「危ないっ」彩音さんが叫んだ。「巳雨、戻って！」

しかし巳雨ちゃんは、燃える破片をすり抜けて、磯笛に駆け寄った。

すると、倒れ臥していた磯笛が突如、かっ、と大きく目を開き、口を開けて笑った。そして巳雨ちゃんの腕をつかんで引き寄せる。

「あっ」

巳雨ちゃんが叫ぶ間もなく、磯笛はその小さな体を抱え込む。

「ははははは」磯笛は、炎の中でヒステリックに高笑いする。「おまえも、私と一緒に地獄へ行くんだ」

「何するの！　助けてっ」

巳雨ちゃんは、引きつった声を上げたが、磯笛は両手でその首を絞める。巳雨ちゃんは手足をばたつかせた。

「巳雨！」

彩音さんの上げる声を背中で聞きながら、ぼくは一直線に磯笛に向かって突進した。額束も燃え落ちて、地面で炎を上げている。上からは、絶え間なくバラバラと破片が落ちてくる。ぼくは、それを払いながら磯笛の前にたどり着くと、

「その手を放せっ」

と怒鳴った。すでに磯笛の髪にも洋服にも、チリチリと火が燃え移っている。しかし、目を大きく見開いて叫び返してきた。赤い血が首まで伝い、髪を振り乱した般若のような形相、まさに悪鬼だった。

「誰が放すものかっ。閻魔《えんま》への手土産だ」

「ふざけるなっ」

ぼくは磯笛に飛びかかろうとした。しかし――。

そこで、足が動かなくなってしまった。

ぼくは、紅蓮の炎に包まれた鳥居の下で立ちつくす。全く身動きが取れなくなってしまったのだ。しかも、こんな炎の真ん中にいるというのに、背筋がゾッと冷たくなった。本能的な――根源的な恐怖がぼくを襲い、全身が総毛立った。

頼朝の怨霊が目を覚ましてしまったのか！

ぼくは必死に炎の中から抜け出そうと試みる。

炎の外からは「陽一くん、早くっ」と彩音さんの声が聞こえてくる。

しかし次の瞬間、ぼくの目の前に炎の壁が大きく立ちはだかった。まるで、火で作られた結界の中に閉じ込められてしまったかのようだった。

あわてて後ろを振り返れば、八幡宮の方からは、複数の負の波動が襲いかかってくる。足をしっかり踏ん張っていないと、そのまま暗い闇――ブラックホールに吸い込まれてしまいそうな気分だった。三方を炎に囲まれて、前方には暗黒。

その上、全く身動きが取れない。

再び鳥居の島木と笠木が崩れ落ちてきた。三の鳥居は、完全に半分になってしまった。額束も地面の上で音を立てて燃え、柱が一本と笠木が三分の一ほど何とか立っている状態だ。これでは、頼朝が街に飛び出してしまう！

そして鎌倉の街は全て破壊され、八百年以上も前の泥湿地帯に戻ってしまう――。

頭の上から、バラリと火の粉が降りかかってきた。まだ鳥居の柱が、どうにか一本残ってはいるものの、倒壊は時間の問題だろう。この柱が倒れたら、とても頼朝たちの怨霊を抑えることなどできない。

炎の壁の外側には、消防車が到着していた。そしてすぐに、消火活動に入ろうとしている様子だったが――水が出ない。ぼくの耳に、彼らの声が熱風に乗って届く。

「早くしろっ。何をしているんだ！」

「圧力、スロットル、ポンプ、どこも異常はありませんが、ポンプ車二台とも、放水できませんっ」

「どういうことだ！　こんな時にっ」

頼朝のせいか。

それとも他の怨霊たちのせいか。

ぼくには分からなかったが、今、ここでするべきことは、この場に留まって頼朝たちの怨霊に納得してもらい、再び黄泉《よみ》の国へと帰っていただくことだ。たとえ、この身が焼かれようとも。

ぼくが意を決した時、全く予想もしていなかったことが起こった。

巳雨ちゃんが、物凄い力で磯笛を弾き飛ばすと、鳥居のすぐ向こうに架かっている太鼓橋の上に駆け上ったのだ。そして鶴岡八幡宮を背に、弁慶のように仁王立ちすると、こちらを見た。

「巳雨ちゃん！」

ぼくは驚いて駆け寄ろうとしたが、相変わらず体が言うことを聞かない。

「危ないぞっ。早く戻って来るんだ！」

呼びかけるぼくを、巳雨ちゃんは無表情のまま、じろりと見た。その目を見て、ぼくは再び全身が凍《こお》りつきそうになった。

「巳雨……ちゃん」

まさか、こんな時に。

いや。こんな時だからこそか。


「霊が……降りた？」

ぼくは呆然と呟いた。

確かに巳雨ちゃんは、シャーマン家系の辻曲家の中でも、彩音さんが認めるほど感度が高い。それは生まれつきなのか、それともまだ幼い少女だからなのかは分からない。しかし、とにかく普通の人の何倍も霊的感性が強い。ただでさえそうなのに、この数日は、その感覚を更に研ぎ澄ませていた。

だからといって、ここでそんな！　必死に駆け寄ろうと藻掻《もが》くぼくのすぐ後ろで、磯笛がまだ尻餅をついたまま顔を歪めた。

「何が起こったんだ……。あの小娘といい、おまえといい……一体、何者だ！」

だが、今そんな問いに答えている暇はない。ぼくはひたすら、

「巳雨ちゃん、戻って来るんだ！」と呼びかけ続けた。「そっちに行っちゃ、いけないっ」

ところが、巳雨ちゃんから返ってきた答えは、

〝……誰だ〟

という低い声だった。

ぼくは、心臓を直接つかまれたような気がした。しかも、手の爪がギリッと食い込む感覚。ダメだ。

やはり、取り憑かれてしまっているのか。

どうすれば良い。

一体、何をどうしたら――。

その時、ぼくの脳裏に彩音さんの言葉が浮かんだ。

〝そこにいるんだから……直接話しかければ良いのよ……彼らは自然に、彼岸に渡って行く……〟

ぼくは、巳雨ちゃんに取り憑いた何者かに、直接話しかけることにした。

しかし、誰に向かって？

やはり、範頼・頼家。そして、頼朝だ。

「どうか、お鎮《しず》まりください！」

深く、心から深く一礼する。

「今までぼくたちは、あなた方が怨霊となられていたことを、詳しく存じ上げませんでした。いえ、それどころか、頼朝さまの本当のお顔も知らずに、過ごしてきました。しかし、今や全て承知しています。もちろん、頼朝さまだけではありません。範頼、頼家さまの無念も、充分に知っています。今日、修善寺まで行ってお参りし、実際に確認して来ました。そう。北条時政・政子の本拠地、修善寺です」

その時、一層激しい念が境内から湧き上がった。その念の巻き起こす風で、鳥居の炎が更に大きく夕空を焦がす。

ぼくは踏みとどまって続ける。

「範頼さまが、冤罪で亡くなられたことも知っています。そしてそれは現在、修善寺のお墓の前にきちんと書かれています。また、頼家さまの無念も承知です。特に、中野能成《よしなり》など暴虐《ぼうぎゃく》の手先だった者は、所領は没収されたと『吾妻鏡』に記されていますす。しかし、現存する古文書などによると、事実は全く逆だったことも分かっていますっ」

「お、おまえは、こんな時に一体何を喋っているんだ！」磯笛が後ろから叫んできた。「バカなことを言っている間に、私は逃げる」

「動けるのか」

振り向きもせずに言ったぼくを見て、磯笛は立ち上がり逃げだそうとした。

しかしやはり、

「そんな！」足が動かないようだった。「どういうことだっ」

「覚悟を決めるんだな。どうせぼくらは、このままでは逃げられない。頼朝さまが鎮まるまでは。ぼくらが焼け焦げるのが先か、それとも頼朝さまが還《かえ》られるのが先か」

「くそっ」

磯笛は、巳雨ちゃんに向かって吐き捨てた。

すると同時に、ぐわん、と大きな波動が襲ってくる。

「きゃっ」

磯笛はまたもや後ろに飛ばされて転がった。

〝……おまえは何を分かっている〟

低く冷たく重い声が聞こえた。

ぼくは、巳雨ちゃんに向かって続ける。

「事実は逆でした。というのも『吾妻鏡』に拘禁されたとある日と同日付で、能成は北条時政から本領を安堵され、さらに本領の信濃国志久見《しくみ》郷を免税地とされているからです。つまり、『吾妻鏡』で頼家さまの暴虐の手先とされていた中野能成は、その実は北条時政の謀略の手先だったということも知っています。ではお二人——特に頼家さまは、なぜこのように酷い仕打ちを受けられたのか。しかも頼家さまの弟君《おとうとぎみ》の、鎌倉三代将軍・実朝さまは、

物いはぬ四方《よも》のけだものすらだにも
あはれなるかな親の子を思ふ

と詠まれています。その辺りの獣《けもの》ですら、子供を大切に思うだろうということです。それほどに政子は冷たかった。一体、なぜか」

ゴオッ、とぼくの顔面を激しい炎が襲う。ぼくは喉の奥まで炎に焼かれそうになりながら叫んだ。

「ぼくは、頼家さま殺害にも、間違いなく彼女が荷担していたと確信しています。いくら父・時政の命令とはいえ、自分の息子の暗殺を防げないはずはない。そして、時政の願成就院とは比べようもない、形ばかりとも言える指月殿——。では、どうして

政子は、お二人にこれほど冷淡だったのでしょうか。実はその理由も存じ上げています！」

ぼくの周囲には炎の渦が巻いていた。炎熱地獄というのは、こういうものか。

だが、ぼくはむしろ冷静になっていた。目を開けているのも辛かったが、焼くなら焼け。ぼくは完全に開き直っていた。

「先ほども言いましたように、修善寺に行って参りました。横瀬八幡宮に」

その文言に反応したのか、またしても炎の渦がぼくを襲ってきた。構うものか。ぼくは続ける。

「そこには、政子の下《しも》の病を治した際に用いられたという女陰石が祀られていました。しかし、あの神社の神徳は『婦女の下の病』と『子宝開運』。つまりこれは、政子の『下の病』が治らず、しかも『子宝』に恵まれなかったということです。つまり頼家さまも実朝さまも——頼朝さまのお子ではあるにせよ」

ぼくは、一回深呼吸してから叫んだ。

「北条政子の子ではなかった」

「なんだって！」

後ろで磯笛が叫んだ。

「おまえ、こんな時に、余りバカなことを言うんじゃない！　時をわきまえろっ」

「黙ってろ」ぼくは振り返りもせず怒鳴り返した。「真実だ」

「しっ、しかし、いくら真実だからといって――」

「今ここで必要なのは、真実の歴史だ。嘘やおべっかや阿諛追従《あゆついしょう》じゃない。真実を明らかにすることこそが必要なんだ。そしてそれこそが、本当の鎮魂なんだ」

するとと、

「キャアッ」

磯笛が、顔を手で覆って悲鳴を上げた。

予想はしていたが、それを超える熱風がぼくの体を襲ってきたのだ。

しかしぼくは、もう覚悟を決めている。何も恐いものはない。その場に足を踏ん張ると、その炎に向かって微笑みかけた。

「間違っていますでしょうか！　事実、政子のお産みになった大姫も、そして乙姫も、若くして亡くなられています。ところが一方、頼朝さまに関しては、大姫、頼家、乙姫、実朝さまの二男二女が生まれています。またその他『尊卑分脈』の編者である桐院《とういん》家の人々には、惟宗《これむね》（島津）忠久《ただひさ》、若狭《わかさ》忠季《ただすえ》、法印貞暁《ほういんじょうぎょう》、法印権大僧都能《のう》寛《かん》、大友能直《おおともよしなお》は頼朝さまが他の女性との間にもうけられたお子であると信じられていました。そうであれば当然、頼家・実朝さまが、同じようなお子と考えても、間違いではないでしょう」

気のせいか、少しだけ熱気が収まったような気がした。とすると、今の波動は、頼家たちの霊だったのだろうか。

などと思っている間もなく、その後ろから物凄い波動が襲ってきた。この感覚は、そして匂いは、あの白日夢と同じ――。

頼朝だ！

鎌倉最大の怨霊が、ついに登場した。ぼくの全身は、もう抑えようのないほどに震えていた。ぼくは、弾き飛ばされないように、膝を折って体をかがめ、地面に両手をつく。ちょうど、巳雨ちゃんに向かって伏し拝むような形になった。

ぼくは訴える。

「今までずっと――おそらくは故意に誤って伝えられてきた頼朝さまの顔も、甲斐国善光寺の史料で確認させていただきました。また、頼朝さまが政子の妹の夫である、稲毛重成の催した橋供養に出かけられた際に、毒を飲まされて殺害されたことも知りました。いえ、自分のことのように感じました」

「なんだって！」磯笛が泣きそうな声で叫んだ。「じゃあ、何だったの。頼朝の死は、事故じゃなかったというの」

「当たり前だ」

「どういうことよ！」

ぼくは磯笛を無視して、前方に呼びかける。

「武家の頭領であるあなたが、落馬で亡くなったなどという作り話は、もう微塵も信じておりません。あれは、間違いなく暗殺です。おそらくは、全てが時政の仕組んだことだったのでしょう。その証拠があります」

「証拠って何よ！　いいえ、もうそんなことはいいから。熱い。助けて——」

しかし、炎の勢いは全く収まらない。

それだけでも、この炎が普通の火ではないことが分かる。まさに、地獄の火炎。

ぼくは続ける。

「その証拠とは、時政の娘・政子と、息子・義時《よしとき》による、時政追放事件です」

昼間、彩音さんが言っていた件だ。

その結果、時政は修善寺に追放され、没後に願成就院に葬られた。

「あれは、政子・義時による英断だとされていますが、とんでもない話です。英断どころか、実は大きな茶番劇でした。実はそれが、建保七年（一二一九）の、実朝さま暗殺事件へと続いていたのです」

一瞬、周りの空気が軽くなった。頼朝は、ぼくの話を聞いてくれているのか。

いや、聞いている。

その証拠に、さっきから巳雨ちゃんの視線が、痛いほどぼくに注がれている。まるで、心臓を貫き通そうとするかのように。そして頼朝は、あの資料の顔写真を見る限り、懐が深く、そして優しい男性のはずだ。心を込めて誠実に話せば、きっと――。

ぼくは確信して、心から訴えた。

「時政追放事件は、北条親子の打った大芝居でした。時政とその妻である牧《まき》の方による、実朝暗殺計画が漏れたことが発端となって、時政は鎌倉を追放されてしまいます。しかし、そもそも時政からは、彼がそれまでに行った、比企能員殺害、頼家の子・一幡の殺害、頼家殺害、畠山重忠・重保親子殺害、稲毛重成殺害という、北条家のみを存続させようとする、余りにもあからさまな殺害事件によって、人心が完全に離れていました。そこで、あたかも実朝暗殺計画を立てたかのようにみせかけ、自分の子である政子と義時によって『時政追放』という大芝居を打たせたのです。これには鎌倉の御家人たちも驚き、子供でありながら追放を命じた義時に、人望が集まりました。では、なぜこれが時政の『大芝居』であったといえるのか」

その時、ぼくの頭の中に、

〝なぜだ……〟

という言葉が響いたような気がした。だが、もしかするとそれは、ぼくの意識がすでに朦朧としていたせいだったかも知れない。

「なぜか――。その答えは簡単で、時政は追放されていたにもかかわらず、それ以降十年も生き続けたからです」

圧倒的な熱とパワーに、ぼくは既に目も開けることができなくなっていた。しかし、最後の力を振り絞って叫んだ。

「範頼・頼家さまの例を引くまでもなく、鎌倉を追放された人々は、必ず『誅殺』されています。しかしただ一人、時政だけは天寿を全うしている。この事実は、それまでの『誅殺』命令は彼が発していたという証拠だったのです。そしてその後、改めて実朝暗殺を実行し、鎌倉は事実上北条氏のものとなりました。しかしその北条家も、時政が死んで百十八年後に滅びてしまいました。鎌倉の、想像以上に暗い歴史は、現在では北条得宗家《とくそうけ》に起因するものということが定説になっています」

フッ……と、空気が軽くなった。

頼朝が、聞き入れてくれたのか？

「ぼくらもこれから、頼朝さまに関する数々の誤謬《ごびゅう》を正し、また、範頼・頼家・実朝……源氏の方々の無念を語り継いで行きますので、どうか、お鎮まりくださいっ」

ぼくは心から祈った。

一瞬、全ての音が消える。

異空間に陥ったように。

頼朝は還ったのか……。

ぼくは、ホッと肩の力を抜く。


しかし、次の瞬間、周りの空気が爆発した。

想像を絶する熱量が、ぼくらの周囲で渦巻いた。

目も眩むような炎の柱が、轟音と共に勢い良く夜空に駆け上る。


「キャアアッ」

その爆発をもろに受けて、磯笛は大きく後ろに飛ばされると、炎の中に吸い込まれるように消えて行った。

「磯笛っ」

ぼくは手を伸ばし、駆け寄ろうとしたが、完全に炎の壁に阻まれた。

だが、ようやく足が動いた。

ぼくは太鼓橋を振り返る。

橋の上では、巳雨ちゃんが炎に包まれるようにして倒れていた。

「くそっ」

ぼくは走った。

幸い橋の周囲は、鳥居の下ほど炎が強くない。ぼくの周囲に新鮮な空気が入る。さっきまで辺りに充満していた空気の重圧感も減っていた。

「巳雨ちゃん！」

ぼくは巳雨ちゃんの体を抱き起こす。大丈夫。どこにも怪我はなく、ただ気を失っているだけのようだった。ぼくは巳雨ちゃんを、両腕で抱えた。このまま炎の壁の薄い部分を突破すれば、ぼくはともかく、巳雨ちゃんは助かる。

そう決心して立ち上がってみれば――、
相変わらず鳥居は燃え続けていた。

これが完全に焼け落ちてしまうと、まだとんでもない危険が待ち受けている。なぜなら、鶴岡八幡宮の中には、当然頼朝以外の怨霊たちも閉じ込められているからだ。

彼らが一斉に街へ飛び出したら、頼朝もどうなるか分からない。東国武士に担ぎ上げられて出陣したように、やはり同時に鎌倉の街に飛び出してしまうかも知れない。

ぼくの背筋《せすじ》は、またしても凍えた。

この炎を何としても消し止めないと、事態は全く好転しないのだ！

周りを見回せば、やはり消防車からは一滴も放水されていなかった。

隊員たちは、必死に放水を試みているが、完全に故障したままだ。それはそうだろう。怨霊には、物を壊す力があっても、修理して立て直す力はない。その力は一方通行、不可逆的なのだから。

その時、炎の壁の向こう側から、

「陽一くんっ。巳雨っ」

と叫ぶ声が聞こえた……ような気がした。

おそらく空耳だったのか。周りは騒然としていて、声など届いてくるはずもない。

しかし驚いたことに、その声に巳雨ちゃんは目を開いた。

「巳雨ちゃん！」

ぼくが改めて抱きかかえると、一瞬、キョトンとした巳雨ちゃんは、周囲の炎を見て、怯えたように突然大声を上げて泣き出した。

わけも分からず、辺り構わず泣きわめく。

その時。

遠くの空に雷鳴が轟き、稲妻が光った。その音と光が、どんどん近づいて来る。と思う間もなく、ぼくの頰に雨粒が一つ――、
ポツリと落ちてきた。

ピシャッ、と大きな稲妻が鶴岡八幡宮後方、大臣山に落雷した。それと同時に、地面が揺らぐほどの大きな雷鳴が轟くと、鳥居の周辺は突然の豪雨に包まれた。

夜の雨が、物凄い勢いで鎌倉の街に降り注ぐ。

人々が逃げ惑う中、ぼくの周りで燃えさかっていた炎も、鳥居を包んでいた火も、全てが白い煙と共に、音を立てて消えた。

〝助かった……〟

これで本当に助かった。

地面を叩く雨を眺めて、ぼくはびしょ濡れになりながら巳雨ちゃんを庇うようにして、その場にへたり込んだ。

＊

雨だ。

首を伝う冷たい雫と、大粒の雨の音に、磯笛は目を開いた。

一瞬、自分がどこにいるのか分からなかったが、どうやら植え込み近くの地面に倒れているらしい。目の前で無数の雨粒がはね、その雫が磯笛の顔を濡らした。

両手も両足も、ヒリヒリと痛む。

〝そうだ。鳥居は！〟

と思って顔を上げれば、三の鳥居はジュンジュンと音を立てて白い煙を上げながらも、まだ柱一本で立っていた。

〝範頼は、頼家はっ〟

磯笛は痛む両手をついて上半身を起こすと、辺りを窺った。

〝頼朝の怨霊はどうした？〟

しかし周囲では、鳥居の周囲を大急ぎで走り回る消防隊員と、ただ右往左往している観光客が見えるだけだった。全ての怨霊たちは、あのまま還ってしまったらしい。

あと、もう少しのところだったのに……。

しかし、自分がこんなざまでは仕方ない。

磯笛は、雨に濡れた頭を振った。

それでも、よくここまで這い出して来られたものだ。途中から意識を失ってしまい、何も覚えていない。無我夢中で這って来たのか。

あの炎で、大火傷を負ったようだが、命が助かっただけでも良かった。高村さまに、もう一度チャンスをいただこう。

そんなことを思いながら立ち上がろうとして、ふと横を見ると、自分の側に、黒く焼けただれた女狐が目を閉じたまま横たわっていた。

「白夜！」

磯笛は悲痛な声を上げる。

幸いなことに、周りの人々は突然の豪雨に大混乱で、誰一人磯笛たちに注意を払う者はいない。

磯笛は、痛む体を引きずるようにして立ち上がると、白夜の体を起こす。そして、二人で植え込みの陰にこっそりと移動した。白夜は、今はその名前のようにとても美しかった白い毛並みの名残すらなくなっていた。無残にも、地肌まで焼けただれてしまっている。

「白夜。おまえ、どうしてこんな……」

あっ！

磯笛は大きく目を開いて女狐を見た。

そうか。

この子が炎の中、自分よりも遥かに大きな磯笛の体をくわえて、必死にここまで引きずり出してくれたのだ。そういえば、微かな記憶の中に、自分を励ます狐の声を聞いた気がする。この子は、自分の命と引き替えに、磯笛を助けてくれた——。

「白夜、目を開けてっ」

磯笛は悲痛な叫び声を上げると、白夜の体を何度も揺すった。

「お願いよ、白夜！」

雨が激しく体を叩く。

しかし白夜の目は、固く閉じられたままだった。

雨はなお一層激しく、二人の体に降り注いでいる。

＊

頼朝招喚は失敗したか――。

高村皇《すめろぎ》は、お堂の中で一人呟いた。

もう一歩の所で、何が起こったのか。

いずれ磯笛が戻ったら、委細を聞こう。まさか、あの磯笛が下手をするわけもない。一体、どんな邪魔が入ったのか。

そうか……。

ふと、思い当たった。

もしかすると、鎌倉で見かけた奴らか。あの男たちが障碍《しょうがい》になったのか。

あの男を見かけたために、小娘をわざわざ病院から連れ出し、磯笛に託して命を奪ったのだ。

ところが、奴らはそれに懲《こ》りず、まだ何か小賢《こざか》しい動きを見せているのか。

障碍といっても、気にかけるほどのものではないが、流人の子供一人のおかげで、世を席巻《せっけん》していた平家が滅亡した例もある。

念のために、気に留めておくに越したことはないだろう。

だが、とにかく今は、磯笛からの報告を待つ。それから手立てを考えても何も遅くはないし、次に打つ手立ても考えてある。

高村皇は、

「猿太《さるた》」

と呼ばわった。殆ど同時に、赤ら顔の小柄な男が、

「お呼びでしょうか」

とお堂の庭に膝をついて控えた。

*

翌朝。

ぼくは「猫柳珈琲店」に火地さんを訪ねた。

一応、今回の出来事を、全て報告しておく義務があると思ったからだ。

店の奥に歩いて行くと、火地さんは相変わらずいつもの薄暗い席に座っていた。

「こんにちは」とぼくが挨拶すると、

とだけ答えて、太い万年筆を握り、原稿用紙のマス目をひたすら埋めていた。

「ここ、座っても良いですか」

尋ねるぼくに一言も口をきかず、一心に文字を書いている。そこでぼくは、無許可のまま火地さんの前に腰を下ろそうとしたのだが、ガン、と音を立ててイスに足をぶつけてしまった。

「痛っ」

と顔をしかめるぼくを見て、

「不便な体じゃのうヌリカベは」火地さんは鼻で嗤った。「しかも最近では、色々と誤解されておるようだしな」

確かに現在は「ヌリカベ」――「塗り壁」というと、どうしても水木しげるの印象が強く、巨大な壁のような妖怪を思い浮かべてしまう。

しかし本来の「ヌリカベ」は、人の前に立ちはだかって道を塞ぐ、姿の見えない妖怪のことだった。そこには何もないはずなのに、何かにぶつかってしまってそれ以上進めなくなった時には「ヌリカベ」がいるのだという。だから「ヌリカベ」に殴られれば痛いし、また「ヌリカベ」は、物を持って移動させることもできる。

それが、柳田國男《やなぎたくにお》の『妖怪談義』などに登場する、本来の「ヌリカベ」なのだ。

「あんたたち妖怪は——」

火地さんは原稿用紙に目を落としたままで、ぼくに言った。

「人でもなく、かといって幽霊でもなく。そんな中途半端な立ち位置で、よく我慢しとるの。とはいっても、わしらと違って自力での成仏は望めないようだしな」

相変わらず身も蓋もないことを、平然と言う。

「いえいえ。決してそんな悲しいことばかりじゃないですよ」

ぼくは反論した。

そう。おかげで昨日のように、きちんと摩季ちゃんを背負って病院から連れ出せるじゃないか。

もしもぼくが完全なる幽体であれば、摩季ちゃんの腕をつかむことすら不可能だろうし、かといって普通の人間ならば、姿を見られてしまう。この体のおかげで、看護師さんたちをちょっと驚かせただけで目的を達成できたのだ。

ちなみに言うと、ぼくの仲間などは足のない幽霊たちの手伝いをしている。というのも、幽霊には足がある者とない者があって、足のない者は当然だが歩いて移動することができないからだ。自然の風や空気中を流れる「気」に乗って動くため、きちんと目的地にたどり着ける保証はない。だから、足のない幽霊たちは、基本的にいつも同じ場所にいる。そこで、ぼくらが彼らを背負ってあげて、恨みに思う人間の元まで連れて行ってあげるのだ。

幽霊の「恨めしや」というポーズを思い出して欲しい。あれは、ぼくらに背負われている形そのものだ。

と、そんな話はともかく——。

「昨日は、色々とありがとうございました」

ぼくは、火地さんに向かってお礼を述べる。

「おかげさまで、大事にならずにすみました。火地さんのアドバイスがなかったら、鎌倉——いえ、関東一帯が、どうなっていたか」

「生きている人間の世になんぞ、何の興味もない」火地さんは顔も上げずに言った。

「どうせ、バカばかりだ」

「そういえばぼくも、頼朝の霊と対面して、とても貴重な体験を積みました。体ごと消えそうになりましたけど」

苦笑いするぼくには目もくれず、

「まあ、おそらく本人ではないだろうな」と火地さんは言う。「頼朝ほど大きな霊ともなると、かえってなかなか自由に動けなくなるからな。おそらく、周りにいて奴を護っている霊じゃろ。墓すら、どこにあるのか分からんからな。忠実な部下は、彼の怨霊の近くに控えている」

「え？」

ぼくは笑った。

「お墓の場所は有名ですよ。鶴岡八幡宮の北東の丘にあります」

と口にして、ふと思う。

北東——艮《うしとら》。鬼門ではないか。

すると、

「ふん」と言って火地さんは、煙草に火を点けた。「本当のところは分からん」

「といいますと……？」

「あの墓は今でこそ、それなりに立派だが、塔自体は安永《あんえい》年間（一七七二〜八一）に、薩摩の島津《しまづ》重豪《しげひで》が行った補修によるものじゃ」

「そう……なんですか」

「実際に江戸時代の頃には、とても貧相で、人々の注目など惹くものではなかったという。鎌倉の歴史に関する文献の『金兼藁《きんけんこう》』には、右大将・頼朝の墓があるが、高さ二尺——六十センチ程とある。しかもぼろぼろに荒れている、と書かれておるようだ。そんな状況では、あれが本当に頼朝の墓なのか、それすら判然としないな。少なくとも、供養塔ではあるとしてもじゃ」

「ああ……」

そうだったのか。

徹底して頼朝たち、源氏の待遇は酷い。そこまで時政たちが軽んじ、疎《うと》んじてきたという証拠なのだろう。そして、時政たちは非常なリアリストだ。だから、頼朝や頼家たちの供養すら、なおざりにした。本来であれば、きちんと祀らなくてはならないはずの怨霊たちを、殆ど放ったらかしにしてしまった。

つまり彼らはきっと、ぼくらのような存在を端《はな》から信じていなかったに違いない。

この世に、さまざまな恨みや、無念や、未練や、悔恨を残しているために、なお死にきれないでいる魂たちの存在を。死んであっさり彼岸に行ってしまった方が楽だろうに、それを選択せずこの世に留まっている人々の悲しくやるせない気持ちを――。

でも、とぼくは微笑んだ。

「火地さんのお話をもとに説得したら、なんとか納得して帰っていただけました。本当に、ありがとうございました」

「頼家や実朝の話もしたのか」

ええ、とぼくは頷いた。

おそらく政子は、元気な男子を産むことができなかった。産んでもすぐに、乙姫のように病死してしまっていたのだろう。だから、頼家と実朝の二人は政子の実の子ではなかったのではないか。そして、政子が「実の子」とされていた二人に辛く当たった理由はそれだった——。

「頼朝が、女に手が早かったという話があるな」

「はい。懲りずに何度も浮気を繰り返しては、その度に政子の怒りを買っていたと」

「しかも、浮気をする時期まで、いつも大体同じだった」

「そうらしいですね」ぼくは笑った。「政子の妊娠中が一番多かった。典型的な、浮気男のパターンですよ。今も変わらない」

「バカか」

「え？」

「その話のいくらかは、本当かも知れん。しかし、殆どは騙《かた》りだ」

「といいますと……？　あ。いえ、自分で考え——」

「これは、あくまでもわしの想像で、もちろん何の文献もないが」と言うと、火地さんは万年筆を置いて、すっかり冷めてしまっているコーヒーを一口飲んだ。「頼朝は、わざとその時期に浮気をしていたとも考えられるな」

「わざと？」

「できるだけ、政子の懐妊の時期と合わせて子供を作るためじゃ」

「あ……」

「そうでなければ、毎回毎回、同じ時期に同じような『浮気』を繰り返すのに、どうして誰もそれを未然に防ごうともしなかったのじゃ。もちろん、当の政子も含めてな。特にあの政子の性格じゃ。必ず浮気することが分かっておるのだから、どんなことをしてでも妨害したじゃろう。なのに、ただ見ているだけだった」

「つまり、政子も公認していた」

「そういうことじゃろうな。しかし、頼朝もそんなことは一言も口にせず、なかなか良い男じゃ」

確かに。

やはり頼朝は、あの写真のように優しい男性だったのだ。

「単なる浮気だけじゃなかったんですね……」

ぼくが改めてそんなことを思っていると、

「あら。いらっしゃいませ」

この喫茶店の、先代の奥さんがやって来た。もう十年近く前に亡くなっている。旅行先で、乗っていたバスが谷底に転落してしまったのだ。

「珍しいわね、福来さん」

「ご無沙汰してます」

「それで、いきなり男二人で浮気の話？」

「いえいえ」ぼくはあわてて否定する。「すごく真面目なお話です。いつも火地さんには、お世話になっていて」

「相変わらず頑固でしょう、この人。全然、成仏しようとしないし」

「わしには、まだやり残していることがたくさんあるんじゃ」火地さんは、奥さんを睨みつけた。「たまに、こういうバカ者の相手もせにゃならんしな。あんたこそ、さっさと成仏したらどうじゃ」

「私がいなくなったら、淋しくなるでしょう」

「バカか。わしは、あんたみたいなバアさんには、興味などない」

「でも、私がここに来ないと、火地さんにコーヒーを持って来てくれる人が誰もいないでしょ」

「それは……」火地さんは、真面目な顔で唸った。「ちと、困る」

結局、この二人は仲が良いのだ。

ぼくが笑っていると、

「福来さんも」奥さんが尋ねてきた。「成仏なさらないの」

はい、とぼくは答える。

「ちょっと、こんな状況ですし。ぼくも、やらなくちゃいけないことがありますし」

「もっともあなたの場合は、置かれている立場が私たちとは、ちょっと違っていますものね。だから、何ともアドバイスのしようがないけれど……しっかり頑張って」

「はい。ありがとうございます」

「他霊に迷惑をかけんようにな」

火地さんは一言つけ加えると、万年筆を手に取って、再び原稿用紙に向かった。

その姿を見て奥さんは、肩を竦めて笑う。そしてぼくに「コーヒーをお持ちしましょうか」と言ってくれた。

「お願いします」

とぼくは答えて、無言のまま白髪を振り乱して文字を書き続ける火地さんを、微笑みながら眺めていた。

エピローグ

ぼくが辻曲家を訪ねると、例によって彩音さんとグリが出迎えてくれた。

そしてぼくもいつも通り、玄関先と廊下に貼られているお札や呪符に触れないように、細心の注意を払いながらリビングに入った。

ぼくは二人に、今、火地さんの所に行って事件の報告をしてきたと告げた。

「それは良かった」彩音さんは言う。「良くお礼を言っておいてね。あの人がいなかったら、頼朝が大怨霊だなんて分からないままだった」

はい、とぼくは頷く。

「それと、ふと思ったんですけど、あの一連の地震も、磯笛たちが引き起こしたんでしょうか。それとも、偶然だったのか――」

「もし偶然ではなかったとすると」了さんは厳しい顔つきで言った。「敵は、物凄い力を持っているね。しかも、ぼくらや陽一くんの存在も、気づいている」

「磯笛も、陽一くんの姿が見えていたわ。しかも、話ができた。磯笛でさえそうなのに、その上、彼女が絶対的に服従している男がいる」

「やっかいな相手が現れたもんだな」了さんは嘆息した。「摩季も、またどうしてそんな奴らと接触してしまったのか」

と言われて、ふと思った。これは、本当に摩季ちゃんから接触したのか。

ひょっとしたら、最初から彼らが仕掛けてきたことなのではないか。

いや、まさか……。

「結局、陽一くんまですっかり巻き込んでしまって」彩音さんが言った。「申し訳ないわね」

「いえいえ、そんな」

ぼくは慌てて否定する。何度も言うけれど、摩季ちゃんのためならば、どうということもない。こんなことが起こって改めて、どうやらぼくは、やはり摩季ちゃんがとても気にかかっていることに気がついた。すると了さんが、

「陽一くんだって、今回の事件を殆ど自分のことのように思っているんじゃないか」

「え？　どういうこと」

彩音さんが、不思議そうに尋ねてくる。

霊には敏感なくせに、彼女はどうやら、こういった感情には鈍感らしい。

「い、いや」了さんが目を瞬かせた。「つ、つまり、陽一くんは摩季のことを、それほど親身になって考えてくれているってことだよ」

「そう……」

「それで、肝心の摩季に関してなんだが」と了さんはぼくらに言った。

「当初からの予定通り、例の術を執り行うつもりだ」

「死反術《まかるがえしの》——ですね」

「ああ」

一転して厳しい表情になると、了さんは大きく頷いた。

死反術。『古事記』にも『日本書紀』にも載っておらず、ただ『先代旧事本紀《せんだいくじほんぎ》』だけに伝えられている秘術。遠く平安時代、安倍晴明《あべのせいめい》や蘆屋道満《あしやどうまん》の執り行った「泰山府君《たいざんふくん》の術」や「反魂《はんごん》の術」、そして、今も土御門《つちみかど》家が取り仕切っている「天曹地府祭《てんちゅうちふさい》」などの、死者を蘇らせる術と並び、神道においても秘中の秘術だ。それが、この辻曲家にも、代々口伝として残されている。そんな「深秘《じんぴ》」だから、了さんは常日頃から他人に対して、そんなモノ——霊魂などは存在しないと公言していた。

そして今回、その秘術に挑む決心をしたのだ。そのため、体にメスを入れられる前に、摩季ちゃんの遺体を奪ってきた。

「余り時間がないが」了さんは硬い表情のまま言う。「初七日までに、摩季の命——魂を、この世に呼び戻す」

「でも、あの刑事が何やら疑っているみたいよ。気をつけて」

「大丈夫」心配そうに言う彩音さんに、了さんは頷いた。「この間も、何とかうまく誤魔化せたから」

「よく平気だったわね」

「だてに大学時代、演劇部の部長を務めていたわけじゃない」

「一時期、舞台俳優も志していたしね。全然、芽が出なかったけど」

彩音さんが苦笑すると、了さんは何度も咳払いした。

「とにかく——。全力を尽くそう。陽一くんもまた、力を貸してくれるね」

摩季ちゃんの魂が遠く離れてしまう初七日まで、あと五日。

間に合うだろうか。

いや、どんなことがあっても、間に合わせなくてはならない。

ぼくも、二人に向かって力強く頷いた。

参考文献

『古事記』次田真幸全訳注／講談社
『日本書紀』坂本太郎・家永三郎・井上光貞・大野晋／岩波書店
『全譯　吾妻鏡』永原慶二監修・貴志正造訳注／新人物往来社
『現代語訳　吾妻鏡』五味文彦・本郷和人編／吉川弘文館
『修禅寺物語』岡本綺堂／岩波書店
『日本史の虚像と実像』和歌森太郎／毎日新聞社
『武將列傳　上』海音寺潮五郎／文藝春秋
『悪人列傳　下』海音寺潮五郎／文藝春秋
『「鎌倉」とはなにか――中世、そして武家を問う』関幸彦／山川出版社
『源頼朝の真像』黒田日出男／角川学芸出版
『ゆのくに伊豆物語――天狗と河童のはなし』沢史生／国書刊行会
『伊豆歴史散歩』沢史生／創元社
『鎌倉歴史散歩』沢史生／創元社
『日本の中世8　院政と平氏、鎌倉政権』上横手雅敬・元木泰雄・勝山清次／中央公

論新社
『保元の乱・平治の乱』河内祥輔／吉川弘文館
『相模のもののふたち――中世史を歩く』永井路子／有隣堂
『歴史発見3　頼朝暗殺計画　永井路子』NHK歴史発見取材班編／角川書店
『逆説の日本史　5　源氏勝利の奇蹟の謎』井沢元彦／小学館
『伝説の日本史　第2巻　源氏三代、血塗られた伝説』井沢元彦／光文社
『吾妻鏡の謎』奥富敬之／吉川弘文館
『源氏三代　101の謎』奥富敬之／新人物往来社
『鎌倉大仏の謎』塩澤寛樹／吉川弘文館
『図説日本呪術全書』豊島泰国／原書房
『神道の本』学習研究社
『古神道の本』学習研究社
『古代海部氏の系図〈新版〉』金久与市／学生社
「先代旧事本紀　完全訓註」菅野雅雄／新人物往来社

この作品は完全なるフィクションであり、
実在する個人名・団体名・地名等が登場することに関し、
それら個人等について論考する意図は全くないことを
ここにお断り申し上げます。

この本の執筆にあたり大いなる叱咤激励をいただきました、
講談社文芸図書第三出版部部長、栗城浩美氏。担当編集、河北壮平氏。
また、次回作以降をも見据えた（？）取材旅行にまでお付き合いいただきました
第五事業局担当局長、唐木厚氏。
文庫化に際しお世話になりました、講談社文庫出版部、西川浩史氏。
相変わらず素敵なお話と貴重な資料を多々頂戴いたしました、沢史生氏。
そして、鎌倉・修善寺でお会いしました多くの方々に、
この場を借りて、衷心より感謝の念を表します。
ありがとうございました。

高田崇史公認ファンサイト『club TAKATAKAT』
URL：http://takatakat.club　管理人：魔女の会
Twitter：「高田崇史@club-TAKATAKAT」
facebook：高田崇史Club takatakat　管理人：魔女の会

『神の時空　京の天命』
『神の時空　前紀　女神の功罪』
『毒草師　白蛇の洗礼』
『QED ～flumen～　月夜見』
『QED ～ortus～　白山の頻闇』
『古事記異聞　鬼棲む国、出雲』
『古事記異聞　オロチの郷、奥出雲』
『試験に出ないQED異聞　高田崇史短編集』
（以上、講談社ノベルス）
『毒草師　パンドラの鳥籠』
（以上、朝日新聞出版単行本、新潮文庫）
『七夕の雨闇　毒草師』
（以上、新潮社単行本、新潮文庫）
『卑弥呼の葬祭　天照暗殺』
（以上、新潮社単行本、新潮文庫）
『源平の怨霊　小余綾《こゆるぎ》俊輔の最終講義』
（以上、講談社単行本）

《高田崇史著作リスト》

『QED　百人一首の呪《しゅ》』
『QED　六歌仙の暗号』
『QED　ベイカー街の問題』
『QED　東照宮の怨《えん》』
『QED　式の密室』
『QED　竹取伝説』
『QED　龍馬暗殺』
『QED ～ventus～　鎌倉の闇《くらやみ》』
『QED　鬼の城伝説』
『QED ～ventus～　熊野の残照』
『QED　神器封殺』
『QED ～ventus～　御霊将門』
『QED　河童伝説』
『QED ～flumen～　九段坂の春』
『QED　諏訪の神霊』
『QED　出雲神伝説』
『QED　伊勢の曙光』
『QED ～flumen～　ホームズの真実』
『毒草師　QED Another Story』
『試験に出るパズル』
『試験に敗けない密室』
『試験に出ないパズル』
『パズル自由自在』
『千葉千波の怪奇日記　化けて出る』
『麿の酩酊事件簿　花に舞』
『麿の酩酊事件簿　月に酔』
『クリスマス緊急指令』
『カンナ　飛鳥の光臨』
『カンナ　天草の神兵』
『カンナ　吉野の暗闘』
『カンナ　奥州の覇者』
『カンナ　戸隠の殺皆』
『カンナ　鎌倉の血陣』
『カンナ　天満の葬列』
『カンナ　出雲の顕在』
『カンナ　京都の霊前』
『鬼神伝　龍の巻』
『神の時空　鎌倉の地龍』
『神の時空　倭の水霊』
『神の時空　貴船の沢鬼』
『神の時空　三輪の山祇』
『神の時空　嚴島の烈風』
『神の時空　伏見稲荷の轟雷』
『神の時空　五色不動の猛火』
(以上、講談社ノベルス、講談社文庫)
『鬼神伝　鬼の巻』
『鬼神伝　神の巻』
(以上、講談社ミステリーランド、講談社文庫)
『軍神の血脈　楠木正成秘伝』
(以上、講談社単行本、講談社文庫)

●この作品は、二〇一四年三月に、講談社ノベルスとして刊行されたものです。

|著者|高田崇史　昭和33年東京都生まれ。明治薬科大学卒業。『ＱＥＤ　百人一首の呪』で、第９回メフィスト賞を受賞し、デビュー。歴史ミステリを精力的に書きつづけている。近著に『源平の怨霊　小余綾《こゆるぎ》俊輔の最終講義』など。

神《かみ》の時空《とき》　鎌倉《かまくら》の地龍《じりゅう》

高田崇史《たかだたかふみ》

2017年３月15日第１刷発行
2019年10月25日第３刷発行

講談社文庫
定価はカバーに
表示してあります

発行者──渡瀬昌彦
発行所──株式会社　講談社
東京都文京区音羽2-12-21　〒112-8001
電話　出版　(03)　5395-3510
　　　販売　(03)　5395-5817
　　　業務　(03)　5395-3615

Printed in Japan

デザイン─菊地信義
本文データ制作─講談社デジタル製作
印刷───豊国印刷株式会社
製本───株式会社国宝社

ISBN978-4-06-293608-8

講談社文庫刊行の辞

二十一世紀の到来を目睫に望みながら、われわれはいま、人類史上かつて例を見ない巨大な転換期をむかえようとしている。

世界も、日本も、激動の予兆に対する期待とおののきを内に蔵して、未知の時代に歩み入ろうとしている。このときにあたり、創業の人野間清治の「ナショナル・エデュケイター」への志を現代に甦らせようと意図して、われわれはここに古今の文芸作品はいうまでもなく、ひろく人文・社会・自然の諸科学から東西の名著を網羅する、新しい綜合文庫の発刊を決意した。

激動の転換期はまた断絶の時代である。われわれは戦後二十五年間の出版文化のありかたへの深い反省をこめて、この断絶の時代にあえて人間的な持続を求めようとする。いたずらに浮薄な商業主義のあだ花を追い求めることなく、長期にわたって良書に生命をあたえようとつとめるところにしか、今後の出版文化の真の繁栄はあり得ないと信じるからである。

同時にわれわれはこの綜合文庫の刊行を通じて、人文・社会・自然の諸科学が、結局人間の学にほかならないことを立証しようと願っている。かつて知識とは、「汝自身を知る」ことにつきていた。現代社会の瑣末な情報の氾濫のなかから、力強い知識の源泉を掘り起し、技術文明のただなかに、生きた人間の姿を復活させること。それこそわれわれの切なる希求である。

われわれは権威に盲従せず、俗流に媚びることなく、渾然一体となって日本の「草の根」をかたちづくる若く新しい世代の人々に、心をこめてこの新しい綜合文庫をおくり届けたい。それは知識の泉であるとともに感受性のふるさとであり、もっとも有機的に組織され、社会に開かれた万人のための大学をめざしている。大方の支援と協力を衷心より切望してやまない。

一九七一年七月

野間省一

田中芳樹／赤城毅　中欧怪奇紀行
田中芳樹 編訳　岳飛伝〈青雲篇〉(一)
田中芳樹 編訳　岳飛伝〈烽火篇〉(二)
田中芳樹 編訳　岳飛伝〈風塵篇〉(三)
田中芳樹 編訳　岳飛伝〈悲曲篇〉(四)
田中芳樹 編訳　岳飛伝〈凱歌篇〉(五)
高田文夫　誰も書けなかった「笑芸論」〈森繁久彌からビートたけしまで〉
高田文夫　TOKYO芸能帖〈1981年のビートたけし〉
谷村志穂　黒髪
高村薫　李歐《りおう》
高村薫　マークスの山(上)(下)
高村薫　照柿(上)(下)
多和田葉子　犬婿入り
多和田葉子　尼僧とキューピッドの弓
多和田葉子　献灯使
高田崇史　QED〈百人一首の呪《しゅ》〉
高田崇史　QED〈六歌仙の暗号〉
高田崇史　QED〈ベイカー街の問題〉
高田崇史　QED〈東照宮の怨〉

高田崇史　QED〈式の密室〉
高田崇史　QED〈竹取伝説〉
高田崇史　QED〈龍馬暗殺〉
高田崇史　QED ~ventus~〈鎌倉の闇〉
高田崇史　QED〈鬼の城伝説〉
高田崇史　QED ~ventus~〈熊野の残照〉
高田崇史　QED〈神器封殺〉
高田崇史　QED ~ventus~〈御霊将門〉
高田崇史　QED ~flumen~〈九段坂の春〉
高田崇史　QED〈諏訪の神霊〉
高田崇史　QED〈出雲神伝説〉
高田崇史　QED〈伊勢の曙光《あけぼの》〉
高田崇史　QED ~flumen~〈ホームズの真実〉
高田崇史　毒草師〈QED Another Story〉
高田崇史　試験に出るパズル〈千葉千波の事件日記〉
高田崇史　試験に敗けない密室〈千葉千波の事件日記〉
高田崇史　試験に出ないパズル〈千葉千波の事件日記〉
高田崇史　パズル自由自在〈千葉千波の事件日記〉
高田崇史　化けて出る〈千葉千波の怪奇日記〉

高田崇史　麿の酩酊事件簿〈花に舞〉
高田崇史　麿の酩酊事件簿〈月に酔〉
高田崇史　クリスマス緊急指令〈~きよしこの夜、事件は起こる!~〉
高田崇史　カンナ　飛鳥の光臨
高田崇史　カンナ　天草の神兵
高田崇史　カンナ　吉野の暗闘
高田崇史　カンナ　奥州の覇者
高田崇史　カンナ　戸隠の殺皆
高田崇史　カンナ　鎌倉の血陣
高田崇史　カンナ　天満の葬列
高田崇史　カンナ　出雲の顕在
高田崇史　カンナ　京都の霊前
高田崇史　鬼神伝　鬼の巻
高田崇史　鬼神伝　神の巻
高田崇史　鬼神伝　龍の巻
高田崇史　軍神の血脈〈楠木正成秘伝〉
高田崇史　神の時空《とき》　鎌倉の地龍
高田崇史　神の時空　倭《やまと》の水霊
高田崇史　神の時空　貴船の沢鬼

講談社文庫 目録

高田崇史 神の時空 三輪《みわ》の山祇《やまつみ》
高田崇史 神の時空 嚴島《いつくしま》の烈風
高田崇史 神の時空 伏見稲荷の轟雷
高田崇史 神の時空 五色不動の猛火
竹内玲子 永遠に生きる犬〈ニューヨーク チョビ物語〉
団 鬼六 悦楽王〈鬼プロ繁盛記〉
高野和明 13階段
高野和明 グレイヴディッガー
高野和明 K・Nの悲劇
高野和明 6時間後に君は死ぬ
高里椎奈 銀の檻を溶かして〈薬屋探偵妖綺談〉
高里椎奈 遠《とお》に呱々《ここ》泣く八重の繭《まゆ》〈薬屋探偵怪奇譚〉
高里椎奈 童話を失くした明時《あかとき》に〈薬屋探偵怪奇譚〉
高里椎奈 来鳴《きな》く木菟《みみずく》日知《ひし》り月《つき》〈薬屋探偵怪奇譚〉
高里椎奈 星空を願った狼の〈薬屋探偵怪奇譚〉
高里椎奈 雰囲気探偵 鬼鶫《きのつぐみ》航《わたる》
大道珠貴 ショッキングピンク
高橋和 女流棋士
高木 徹 ドキュメント 戦争広告代理店〈情報操作とボスニア紛争〉

たつみや章 ぼくの・稲荷山戦記
たつみや章 夜の神話
武田葉月 横綱
高嶋哲夫 メルトダウン
高嶋哲夫 命の遺伝子
高嶋哲夫 首都感染
高野秀行 西南シルクロードは密林に消える
高野秀行 怪獣記
高野秀行 アジア未知動物紀行〈ベトナム・奄美・アフガニスタン〉
高野秀行 イスラム飲酒紀行
高野秀行 移民の宴〈日本に移り住んだ外国人の不思議な食生活〉
高野秀行 角幡唯介 地図のない場所で眠りたい
田牧大和 花合せ〈濱次お役者双六〉
田牧大和 質草破り〈濱次お役者双六 二ます目〉
田牧大和 翔ぶ梅〈濱次お役者双六 三ます目〉
田牧大和 半可心中〈濱次お役者双六〉
田牧大和 長屋狂言〈濱次お役者双六〉
田牧大和 錠前破り、銀太
田牧大和 錠前破り、銀太 紅蜆《べにしじみ》

田牧大和 錠前破り、銀太 首魁《しゅかい》
田丸公美子 シモネッタの本能三昧イタリア紀行
田丸公美子 シモネッタのどこまでいっても男と女
竹内 明 秘匿捜査〈警視庁公安部スパイハンターの真実〉
高殿 円 カーリー〈I. 黄金の尖塔の国とあひると小公女〉
高殿 円 カーリー〈II. 二十一発の祝砲とプリンセスの休日〉
高殿 円 カーリー〈III. 孵化《ふか》する恋と帝国の終焉〉
高殿 円 メサイア〈警備局特別公安五係〉
高野史緒 カント・アンジェリコ
高野史緒 カラマーゾフの妹
瀧本哲史 僕は君たちに武器を配りたい〈エッセンシャル版〉
竹吉優輔 襲名犯
竹吉優輔 レミングスの夏
高田大介 図書館の魔女 第一巻
高田大介 図書館の魔女 第二巻
高田大介 図書館の魔女 第三巻
高田大介 図書館の魔女 第四巻
高田大介 図書館の魔女 烏《からす》の伝言《つてこと》(上)(下)
大門剛明 反撃のスイッチ
大門剛明 完全無罪
橘 もも OVER《オーバー》 DRIVE《ドライブ》

講談社文庫　目録

2019年9月15日現在